大
方
sight

Narratori delle pianure

[意]贾尼·切拉蒂 著
崔鹏飞 译

波河故事漫游

GIANNI
CELATI

中信出版集团 | 北京

图书在版编目（CIP）数据

波河故事漫游/（意）贾尼·切拉蒂著；崔鹏飞译
. -- 北京：中信出版社，2024.1
ISBN 978-7-5217-6059-0

I.①波… II.①贾…②崔… III.①短篇小说-小说集-意大利-现代 IV.①I546.45

中国国家版本馆 CIP 数据核字（2023）第 197698 号

Copyright © Giangiacomo Feltrinelli Editore, Milan.
First published in "I Narratori" in June 1985
First published in "Universale Economica" in May 1988
Eleventh edition October 2018
The Simplified Chinese edition is published in arrangement through Niu Niu Culture.
Simplified Chinese translation copyright © 2023 by CITIC Press Corporation
ALL RIGHTS RESERVED
本书仅限于中国大陆地区发行销售

波河故事漫游

著者：　　［意］贾尼·切拉蒂
译者：　　崔鹏飞
出版发行：中信出版集团股份有限公司
　　　　　（北京市朝阳区东三环北路 27 号嘉铭中心　邮编　100020）
承印者：　浙江新华数码印务有限公司

开本：880mm×1230mm　1/32　　印张：5　　字数：90 千字
版次：2024 年 1 月第 1 版　　　　印次：2024 年 1 月第 1 次印刷
京权图字：01-2023-5096　　　　　书号：ISBN 978-7-5217-6059-0
定价：48.00 元

版权所有·侵权必究
如有印刷、装订问题，本公司负责调换。
服务热线：400-600-8099
投稿邮箱：author@citicpub.com

献给那些给我讲故事的人,
这本书中的很多故事都出自他们之口。

艾米利亚大道

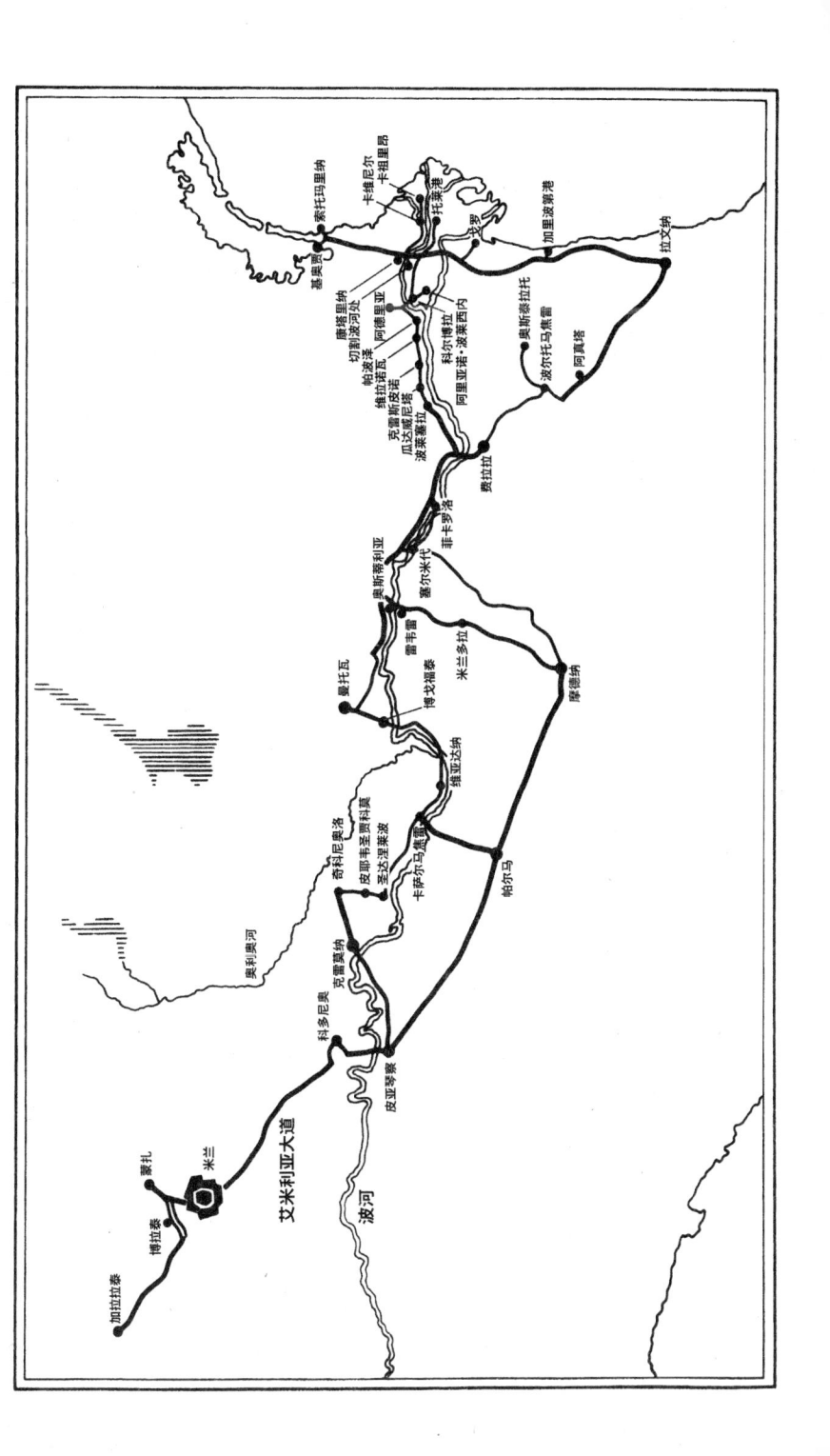

目录

1　大西洋上的岛屿

6　日本女孩

11　半路迷途的孩子

17　足球三兄弟怎么了

24　一个学徒的故事

30　一个理发师死后的生活

33　关于面子的价值

39　逝去的时间

43　世界如何运行

48　一则摆脱迷惘的寓言

51　一个讲述者关于美好结局的想法

54　博戈福泰的鬼魂

59　从机场而来

65　宇宙来的陨石

71　麦地那·萨巴赫城

76　塞尔米代来的女孩

81　一个木匠和一个隐士的故事

84　穿越平原

87　一位著名的城市占领者

93　天然的生活是怎样的

98　我叔叔发现了外国语言的存在

101　旅人回归

110　坦坦荡荡

113　一个不知名讲述者的生活

116　第二类永动机

120　女骑手和追求者的故事

124　世界末日前的一晚

129　一个摄影师是怎样登陆新世界的

135　存在的一切如何开始

139　逃亡中的年轻人类

大西洋上的岛屿

告诉我这个故事的,是一位住在瓦雷泽省加拉拉泰的无线电爱好者。有一次,他偶然和住在大西洋一个岛屿上的某人取得了联系,两人用英语交流,虽然他懂的英文不多,最后还是听懂了很多:对方居住的岛屿、那些被海浪拍打的海岸、明明很晴朗却依然落下雨点的天空、岛上那些被风吹得与地面平行落下的雨水,以及那人从窗户看到的一切。

为了更好地理解对方的描述,意大利无线电爱好者将两人的对话录了下来,然后让英文更好的女朋友帮他翻译。

那个男人满脑子里想的都是怎样描述他所在的岛屿,从他身上,意大利无线电爱好者从来没得到过什么技术上的信息,抑或是世界上其他无线电爱好者的动态,而这些才是他们这种人之间交流的主要话题。每当无线电爱好者问起诸如你是谁、做什么工作、是在那座岛上出生还是只刚刚上岛不久这些问题时，对方都会顾左右而言他，好像根本不想听到这些问题。关于对方，加拉拉泰的年轻人只知道他叫阿奇，和妻子一起住在岛上，而且每天都要绕着岛散步好几次。

他一遍又一遍地听那些录音带，还和女朋友讨论，意大利无线电爱好者逐渐可以想象出岛屿的样子，仿佛自己曾亲眼见过那里。

他好像真的上到岛上，看见了岛屿和阿奇在高处的房子。一条路在草地中间绕了一个大弯，没有栅栏束缚的牛羊们自由自在地游荡着。右手边是一个并不很高的岬角，上面长满了石楠，左侧则是岩质海岸，被高起的沙滩割裂成一段段的样子，远处一块不大的台地一直延伸到了天际线，可以隐约看见上面零散坐落着几座农舍。

晴朗时朝左边大海的方向看去，可以分辨出陆地的线条，甚至隐约能看到灯塔的轮廓，阿奇觉得那就是大陆的最西端，直插进大西洋中间。

阿奇甚至都没提过那座岛的名字，而且在说起自己散步时，他还会自顾自地说起岛上的各种地点，好像加拉拉泰的男孩就住在自己隔壁。不过，他家的隔壁当真有其他房子吗？那座岛当真存在吗？

有一次，无线电爱好者在和女朋友听录音带，他突然听见阿奇低声说了这么一句："所有这一切，我再也见不到了。"

此时，这次不期而遇的通信、那个远方的通信人，以及岛上的各种画面已经牢牢地占据了这对情侣的脑海。不过，对于年轻的无线电爱好者来说，这一系列的通信稍显尴尬，因为对于这个已经和自己通话数月的男人，自己仍旧一无所知，甚至都不敢向对方提任何问题。因此，听到这句话，他甚至没想过要让对方解释一下，因为他觉得对方肯定不会回答，一如往常。

这时候，突然有人送了他一台机器，这台设备能定位所有和自己通信的人。他定位到这座岛屿是在苏格兰海岸线附近，他终于知道了阿奇的家在哪里，但是在那个男人身上究竟发生了什么事，却仍然是个谜。如果他双目失明，根本看不到那座岛的话，那么他想要讲述关于岛的一切也就是合情合理的了。不过，由于不能提问题，年轻的无线电爱好者在和阿奇通信时变得越来越拘谨。最近几次，他干脆就没有听，只是打开录音机让对方在那里自言自语。

也正因为如此，当他回听录音，发现阿奇已经跟自己告别的时候，对方已经有一个月没有过音讯，阿奇说自己第二天就将离开小岛。

八个月过去了，刚刚高中毕业的情侣俩决定去旅行。他们先是来到格拉斯哥，然后搭火车来到了位于苏格兰西海岸的小城奥班。一条渔船把他们从奥班带到了阿奇的小岛上。

岛上确实有一座农舍，农舍后面是一座灰色的老旧石屋，门很矮。里面住着一个金发男人和他的金发妻子。情侣两人不知如何向他们提起阿奇，便询问起是否有房屋出租，金发男子说可以把刚刚收拾停当的石屋租给他们。

情侣两人便在石屋里住下，日子一天天过去，他们每天在岛上闲逛，找寻阿奇描述过的那些地方。他们找到了野兔之城，那是一片地道交错的沙丘，俨然一座地下都市的模样。他们在长满石楠的岬角上找到了石板路，就是在这里，阿奇找到过一只被老鹰袭击的羔羊留下的骸骨和羊毛，还有几次，阿奇在这里目击到了身高一米五的野山羊，那生物就住在这个岬角上。他们还在东海岸找到过一大片隆起的沙滩，去年沙滩的一半已经跌落进海里。

晚上，他们会去金发夫妇的农舍里看电视，妻子叫苏珊，丈夫叫阿奇。

随着和苏珊以及阿奇逐渐熟络，他们终于抛出了埋在心底的问题。在得知对方就是远方的通信对象后，男主人终于开始讲起阿奇的故事。

阿奇原来是一名格拉斯哥的警察，有天晚上，他开枪击中了一个男孩的心脏。那完全是个意外，但是阿奇觉得自己行事过于鲁莽，而且没有注意观察周遭的动静，他认为这个悲剧之所以发生，全是因为自己对格拉斯哥郊区那个臭名昭著的区域抱有偏见。

那天晚上在场的另外一名警察是他的朋友，他发现阿奇犯下了大错。阿奇承认了自己的罪过，但又表示自己还没有准备好面临牢狱之灾。他向对方请求让自己离开，和妻子在某个地方安安稳稳地生活五年时间，之后他就回来自首。朋友答应了他。

如此一来，男人就到了这座小岛。五年过去了，在此期间他学会了观察身边的一切，让自己更加专注，接着就回了格拉斯哥自首。

说到这里，情侣两人糊涂了，那阿奇到底是谁？这位知道整个故事，并且一直声称自己叫阿奇的房东到底是谁？

房东并没有马上揭晓答案，几天后的一个晚上，他才解释说，自己其实是另外那个警察，正是他放阿奇离开了五年时间。待整个事件尘埃落定，阿奇被捕收监，他也不想再继续做警察，而是申请了退休，来到阿奇的农舍居住。巧合的是，他自己也叫阿奇。

第二年冬天，加拉拉泰的年轻情侣收到了一封信。在信中，房东说阿奇已经获释，回到了岛上。阿奇的上司没有让他认罪，那桩命案被定性为一次简单的工作事故，一如在格拉斯哥的那些区域里发生的所有无足轻重的命案。

现如今，两位好朋友，两位阿奇养起了绵羊。他们欢迎情侣二人随时造访那个小岛。

日本女孩

我要讲的是在洛杉矶认识的一个日本女孩的故事。

她个子娇小,住在城北,那里和沙漠仅有咫尺之遥。想要到她家的话,需要走市区的高速公路,穿过挤满卡车和汽车的长长的八车道大桥,在一个通向北方的出口下道,进入一个峡谷,然后一直开到一个叫阿科车站的地方,最后右拐上山。

她是15岁到的美国,之后没过多久就跟一个纽约的家伙结了婚,还学会了做裁缝活。婚后不久她就离婚了,打那以后,她经常去找些星象专家求占问卜,好知道下一步该干什么。

占卜师说,由于某些天体的位置所致,东方和她这个人不太对付,最好搬到西边住才好。于是女孩从纽约搬到了洛杉矶,她在市中心找了一间公寓,做起了时装设计师。

她仍然每周都给纽约的星象师打电话，有一天，对方又说她比较适合住在山上。所以女孩就搬到了城市的最北头，这里地势高，沙漠近在眼前。

她每天从早到晚都在公寓里缝制服装，她还有个菲律宾帮工，就住在楼下。她的公寓是一个长长的大通间，房间最深处的两面墙之间是一个挂满了衣服的架子，房间里有很多人体模特，针线扔得到处都是，两张行军床上放着东方式的被子，还有一张小桌用于化妆，一张餐桌四把椅子，一台冰箱和一个燃气灶。一根仿大理石柱子上摆着台电视机一直开着。

每天下午五点半，她都会坐到化妆桌前，一边对着竹子边框的镜子涂脂抹粉，一边抽大麻放松神经。她化的一般是传统日式妆，先把脸涂成全白，接着仔细地画嘴唇和眉毛。全程需要一个半小时，有地方化得不如意时，还得从头来过。在衣着上她走的是旧式欧陆风，还戴着小礼帽和面纱。

每天晚上，她都会造访一间录音棚，在玻璃后面观摩某个知名歌手录音。白天，她会一直打电话，好搞到录音棚的通行证。自我介绍时，她会报上自己的法语名字，那是她在当起时装设计师后起的。

墙上挂着一个日历，一些日子上有标注，那是她已经搞到通行证的那些录音项目的时间。她会提前安排好几乎一整月的晚间活动，从不间断，日历上每天的空格里都有她写上的歌手名字。

录音结束后,她会跟帮自己搞到通行证的唱片公司经理、设计师和广告商们吃饭。一天晚上,我在一家餐馆里看见了她,她用自己的移民腔英语介绍着自己的工作,其他人赞许地点头,意思是她干得不赖。

星期四晚上,一些设计师和广告商会去滑冰,地点可能是在卡胡恩加一带,日本女孩也会跟到那个很远的地方,正是在那里,有一次她看见了电影明星雪莉·杜瓦尔。

透过她家的窗户,可以看到山脚下高速公路上来往车辆的灯光,更远处是一座望不到边的城市,女孩只知道那里的一些街道,这一点其他人也一样。

她通过工作结识了一些在洛杉矶的意大利人,其中有一名女记者、一名女设计师和一位年轻的衬衫厂老板,他们住在日落大道上马尔蒙大饭店的别墅里。一个周日的早上,在去找自己那些意大利朋友的路上,她看见电影明星安东尼·珀金斯正在饭店草坪上晒太阳。

在马尔蒙大饭店,衬衫厂老板曾试图追求她,但是每天晚上女孩都对此不以为意,好像根本没听到对方在说什么,只顾着和设计师以及女记者说话。

三个女人经常讨论碰巧看见的那些明星,但从来都想不起来他们到底演过什么电影。

这时候就轮到衬衫厂老板出马了,他记得每部电影的名字、导演,甚至上映日期。不过日本女孩就像没听到他说话一样,另外两个人对这些事情也兴趣索然。

这样一来,衬衫厂老板马上就没了精神,不过他释然得也快,到最后,他根本就不指望能在她们谈话时插上话了。

第二年夏天,女孩带着自己的作品来到米兰。一家时尚公司的大老板对这些作品很是欣赏,最后委托她设计二十件单品,不过必须在意大利境内缝制。

女孩给自己的星象师打电话,对方让她在距离城市边缘至少十英里[1]开外的地方找房子。经过一番苦苦寻找,也多亏了认识的那位意大利女设计师帮助,她最后在博拉泰找到了一间公寓,正好位于城西十英里的地方,那里是一大片新住宅区,周围全是田地。

那之后不久,意大利设计师在自己家里办了场聚会,日本女孩和衬衫厂老板都在受邀之列。那天晚上,女孩一直都在喝酒抽大麻,最后只能由人把自己送到车上。

衬衫厂老板主动请缨,他对女孩还余情未了。

他打着手势,让女孩倒车到比格力街和曼佐尼街的路口,好从那里出发。

女孩的车一启动就撞到了他,好像完全没注意到他的

---

[1] 1英里约合1.6千米。(本书脚注均为译注)

存在。

当设计师到达医院时，受伤的衬衫厂老板对她说全都是自己的错，因为打很久以前开始，他就知道日本女孩很难注意到他，而且就算看见了，也得费好大劲儿才能认出他来。

他还谈起了宿命，他说每个人都有设定好的道路，每个人各走各的，强行改变宿命是一件危险的事。

在每天早晨去采买的路上，日本女孩都会经过博拉泰田地间的一个长长的水泥堡垒，那里形似一个巨大的监狱，因为那里和监狱一样有着外面长着刺的塔楼。这里是一个移民街区，居民主要是西西里人，无业的男人们会去离堡垒几百米的一家酒吧前驻足，一整天漫无目的地待在那里。当日本女孩经过时，所有人都瞪大了眼睛盯着她看，直到女孩消失在拐角处。

据我了解，她在那里待得很不错，从来都没有在乎过那个监狱似的堡垒，对于那些从她出家门开始就盯着她看的无业游民也不以为意。她的作品大获成功，一切都在像纽约的星象师预测的那样发展。

年轻的衬衫厂老板很想娶她，但是宿命不允许他这么做。

半路迷途的孩子

每个周五,他们俩都在科多尼奥上火车。男孩去米兰是因为他的父母分居了,所以周一到周五他在科多尼奥和父亲在一起,到了周末再去米兰找母亲。女孩则是去米兰看心理医生,这是听了某个医生建议的结果,她父亲对这一套很是相信。

她大概十三岁,而男孩在十一岁上下。在家里,他们都觉得父母说的话无聊至极,于是也就自然而然地认为,世界上所有父母的话都是无聊的。接着,他们又进一步得出结论:世界上所有成年人的话都是无聊的。再后来发生了另外一些事情,他们因此觉得,自己的父母与其说无聊,不如说愚蠢,而且已经愚蠢到他们所有的作为都不值一提的程度。

事情就是这样发生的。每当周末在米兰的时候,两个孩子都会满城里闲逛，看能不能找到他们不觉得无聊的人。比如，他们会跟踪地铁或公车上的某个人，打赌说："我们就赌这个人不无聊。"然后把赌约记在一个笔记本上。

但是后来他们经常感到无聊，比如在地铁上会观察到的那些人，要么因为害怕别人的目光而坐立不安，要么忙不迭想要显示自己玩世不恭，要不然就每个毛孔都透露出自己对所有人的厌倦。看到他们，两个孩子心情差到了极点。

另外还有一些人也会让他们心情糟糕：经常鸣笛让别人让道的司机、在路上走路横冲直撞以显示自己不在乎其他人的人、在酒吧里夸夸其谈只为炫耀自己口才的人、分明没有什么可笑却为了显得自己听懂了而满脸堆笑的人、明明身在商店里却看向别处以显示自己没有时间可浪费的人、故意看向别处偷偷享受别人爱慕眼神的人。

其实，闲逛时看到的一切都让他们心情不佳，就像在家听父母亲戚说话时一般。

现如今，赌约已经记满了一整个笔记本，他们俩还从来没分出过胜负，因为他们所见的成年人无一例外都是无趣的。

他们曾经跟过一个看上去很和善的老人，一直走到了科西嘉路。走着走着，老人突然瘫倒在地，两个孩子赶忙跑过去想扶他，老人却只关心他的大衣是否脏了："大衣的后面要脏了!"他这样说,孩子们关切地问他有没有受伤,还能否走路,老人对他们的关心充耳不闻,只想着自己的大衣。看到这里,两个孩子只能悻悻而去。后来,老人起身没走几步就又摔倒了,据路人说,他死于心脏病突发。这个老人也是无趣的人。

后来他们又在马真塔路跟踪了一位戴大太阳镜的黑衣女士,起初,男孩觉得她很和善。可当她来到停车场交钱时,只对管理员说了两个字:"拿着。"从她说出这两个字的方式,他们就明白了,这也是个无趣的人。至少男孩一想到当时的场景就感觉恶心。

还有一次,他们看见一个像是喝醉了的家伙,他们跟着这人乘地铁一直来到米兰的一个区,这个区的名字就不提了。在那里,醉汉找了个台阶坐下,台阶上坐着的全都是和他一样的醉汉,头向前耷拉着。就在这时,传来了几声枪响,他们其中的一个指着一辆正在逃走的车辆,孩子们马上跑开了,因为他们害怕还会有枪响。

正当他们跑着的时候,一辆车在二人身边停下,一个男人探出头说:"快上来。"在车里,他们听到了事情的来龙去脉,男人说,那个区域经常有黑手党的人,需要试枪时,他们就会开车经过那里,朝坐在台阶上的瘾君子射击。

那个男人看上去很和善,他邀请姐弟俩到家里吃饭。他家很远但很漂亮,在马尔彭萨机场的西边,那里有一座发电厂和茂密的森林，几所房屋就散布在森林中间。

姐弟俩觉得他大概是个教授，因为他的客厅塞满了书。在餐桌上，他足足讲了两个小时，他俩什么都没听懂，但是觉得对方的智慧超出常人。后来他俩都睡着了，男人还在继续说。

一小时后，他们开始在森林逃窜，因为当两人睡着之后，男人开始对女孩的腿动手动脚。姐弟俩把书扔到他头上，而男人只是假装笑着说："就是开个玩笑而已。"

后来姐弟俩说，他们之所以会逃向森林，只是因为他们一想到那个成年人表现出的愚蠢就感觉恶心。

经历了这些冒险，他俩已经变了。他们不再玩在本子上打赌的游戏，但还是会在周末去米兰转一转。

十二月的一个周日，他们来到一片新建的居民区，大概是在蒙扎附近。在浓雾中，他们遇到了一个迷路的女人。

那是个中年女人，全身运动服，头上戴着一顶羊毛贝雷帽。那天早上她出来跑步，后来就再也找不到回家的路。她向遇到的每个人打听，说自己住的那栋居民楼就和眼前的这些一模一样。

就这样，碰巧来到这里的姐弟俩听她说了一路自己家那条街的名字，她每次还要说一句："G区38号。"一群人围拢过来，几个孩子指着一排白房子，就好像他们知道G区在那里一样。

女人马上朝那个方向走去,身后跟着一群孩子、带狗的先生们和穿运动服的人们。

姐弟俩也加入队伍。

他们来到一个小区的内院,这里正是G区。人群开始骚动起来,因为他们发现30号门牌上并不是女人的名字。人群四散而去,既是因为此次寻找已经结束,也是因为午饭时间已到。

只剩下了姐弟俩和走失的女人,他们跟着女人走出内院。三个人穿过一片浓雾笼罩的草坪,越往前走,雾就变得越浓,最后,他们发现自己置身于另外一群巨大的建筑中间,他们也迷路了。

他们穿过荒无人烟的大路,来到旷野之中,然后又到了一个街区,那里和女人刚开始游荡的地方一模一样。女人会时不时地问他们路牌上写着什么、他们刚经过了什么地方,孩子们回答说:"我们不是米兰人。"

他们从另一个街区走出,眼前一无所有,应该是一片旷野。他们正穿过一片冰封的土地,周围白茫茫一片:大雾之白是前所未见的,而且已经浓到每走一步都要小心试探前方地面的程度,因为除了自己的鼻子之外,他们什么也看不见。

他们不得不停下了脚步。他们在大雾中四下里看去,除了一堵充斥在四面八方的墙之外,什么也看不见。他们甚至看不见彼此,也看不见自己的身体,听不到彼此的喊话。他们又冷又饿,孤立无援,他们既不能前进也不能后退,他们只能待在原地,待在那个他们迷路的奇怪的地方。

他们一路从远方走来,只为找到一些不无趣的人,但终究还是没有成功。如今,他们悲寒交加,困在浓雾里,不知什么时候才能回到父母身边。这时,他们已经开始怀疑这是否就是生活的本来面目了。

足球三兄弟怎么了

这个故事的主角是踢球的三兄弟,他们在一次青少年足球比赛中崭露头角。很快,他们的故事就在周围传开,甚至有其他队的球迷会在周日早晨专程来到米兰郊区的小球场看他们踢球。

他们之中的老大十七岁,另外两个是十五岁的双胞胎,全都是进攻球员。他们的触球和射门技术已经像职业球员,这一点不用多说,兄弟三人还有一个最大的杀手锏,他们每个人都能把球传给无人看防的另外两人,他们好像不用看就能知道对方的跑位。

他们球队的老板是一个水果贩子,他在附近城市的市场拥有一个停车场,因此颇有些身家。他行事神秘,每当观看自己球队的比赛时,总是戴着一副反光眼镜。他对兄弟三人十分满意,骄傲地称他们是自己的"小冠军"。

兄弟三人帮助球队赢下了很多场比赛。有一次，他们来到著名的圣西罗球场，在夜场的德比战前踢了一场垫场比赛。

在圣西罗球场，两支大球会的技术团队为三兄弟的优异表现所倾倒。赛后，这些黑衣人找到三兄弟，问他们是否有意来米兰，和大球会的年轻队员一起训练。

在得知黑衣人接近三兄弟的企图后，水果贩子暴跳如雷。当时他刚刚和两支知名球队达成合作协议，计划组建一支青年队，他不希望有人觊觎兄弟三人，为此他还找到足球新闻记者，希望他们能尽量减少对三兄弟的报道。

为了一劳永逸地解决问题，他找到三兄弟的父母，成功说服他们签下了一份合约，根据合同，在未来的两年内，三兄弟都将为他的球队效力。

然后水果贩子组建的青年队就开始了训练。

在第一场正式比赛中，三兄弟发挥不佳，他们迟迟找不到和队友们的默契，球队也输掉了比赛。

第二场和第三场比赛，他们还是没有找回状态，等待进场时，他们在更衣室里就拉了肚子。他们坐在板凳上，看着腹泻的黄色液体从自己的腿上慢慢流下。这一场他们没上场，教练安慰三人说在重要比赛前是会这样，因为他们太激动了。

周日，他们又一次来到米兰圣西罗球场踢客场比赛。比赛时，两名被罚下的球员扭打在一起，三兄弟中的一个立马就拉肚子了，站在场上动弹不得，只能离场。他的球队只剩下九人应战，最后不出意外地输掉了比赛。

那天晚上，水果贩子打了三兄弟耳光，嘴里还一直骂骂咧咧。第二天，他找到他们的父母，看有什么对策。

由于三兄弟的表现不如人意，水果贩子向他们的父母提议，想把三兄弟送往一个专门为表现不佳的球员组织的夏训营。他说："他们还小，需要成长。"

夏训营在一个荒凉峡谷中的房子里进行，完全封闭式管理。球员以及他们的父母均被告知，不得向外人提起这个训练营。

训练他们的是一个老田径教练，一上来，他就让学员跑一整天的步，把他们累个半死。他还让学员每天钻二十次栎树灌木丛，学员们无不怨声载道。

他让学员崩溃的手段还不止于此，他会给他们在院子里半小时的自由活动时间，并在这期间研究他们做出的一些小孩子的行为。然后，他会让学员站成一排，并命令他们中的一个模仿一个再幼稚不过的动作，然后再对所有人说，这个动作简直与鼠类无异。

这样一来，学员们再也不知道做什么动作，他们只是把两手老实地插在裤兜里，以防露馅。那一整天里，那个被老师拉出来示众的孩子都被同伴以"鼠类"相称。一天结束后，男孩们不仅被跑步折磨得筋疲力尽，还被灌木丛搞得窝了一肚子火，等回到宿舍，他们只能通过斗殴排解心中的苦闷。

就在这时，老教练拿着一条鞭子出现了。他把斗殴的罪魁祸首叫过来（也就是那个被称为"鼠类"的学员），问他还想不想为了成为一名职业球员继续训练。男孩回答说想，教练就让他把裤子脱了趴在一个小板凳上，吩咐他的队友轮流抽他鞭子，教练要求他们一声都不能吭，因为这样才像个男人。

有几个人忍不住嘟囔了几句，第二天，他们也遭到了同样的惩罚。而那些咬紧牙关的人则被教练和同伴认为是真男人。

就这样过了一个星期，训练营的人数减少了一半。很多人没能经受住惩罚的考验，彻底断了成为职业运动员的念想。

接下来的几个星期，他们又进行了其他训练，一切都是为了最大限度地考验他们的神经，从而让他们减少紧张情绪。"你们必须成长，"教练对他们说，"你们不能再像娘娘腔一样。"

接下来的十五天，男孩们被反锁在别墅里，教练收走了他们的衣服、他们的床、椅子，甚至所有的食物储备。他们只能赤身裸体地睡在地上，而且没过几天，所有人都饿得像饿狼一样。

差不多每隔两天，教练会毫无征兆地出现。他会在一个长廊尽头把食物摆在地上，这条长廊通往别墅的三个方向，男孩们的卧室正是在那里。

这条走廊极其狭窄，因此每当教练突然发出信号时，饿红了眼的学员们就会从卧室蜂拥而出，在狭窄的过道上互相推搡厮打，因为最先到达的人可以独享食物，落后的人只能继续忍饥挨饿。

不过，这项活动所需要的过人之处不止推搡别人那么简单。"要想在人生和工作中拥有一席之地的话，就永远不能被动行事。"老教练这样说。

在其他的时间里，学员们必须时刻待在自己的房间。只有当教练响哨时，他们才能蜂拥而出。每三次哨声中都有一次是虚晃一枪，这时即便孩子们经过惨绝人寰的殊死搏斗到达了终点，也会发现什么吃的都没有。

而且，教练吹哨的时间各不相同，所以学员们必须能分辨出任何一点儿从外面传来的杂音，要想做到这一点，他们就必须在一天剩下的时间里学会赤身裸体忍饥挨饿地席地而眠，只有这样，他们才能捕捉到声音，并在推搡中获胜。

"最后，"教练说，"你们必须学会冷静，因为其他人会紧张得头脑发热，你们要学会利用这一点。"

受过类似方法训练的人都觉得这些方法颇有些奇效，而且效果会持续整个足球生涯。但三兄弟却是例外。

受训后的第一场比赛，三兄弟表现得十分糟糕，他们对身边发生的一切感到迷惘：他们迷惘于裁判的哨声，像死人一样目送皮球出界，迷惘于对手的懊恼，甚至会看着地上的一张纸巾出神。他们紧张到需要去注意身边发生的一切，而一切又让他们陷入混乱。

接下来的一场比赛中，双胞胎中的一个昏倒在场上，他们队也遭遇大败。队员们的神经紧绷到了极致，当球队老板来到更衣室时，他们正在互相扔球鞋，混乱地扭打成一团。

水果贩子挨个打了每个人耳光，然后说："如果你们下一次还紧张的话，就去打你们的对手，而不是互相打来打去。"

兄弟三人无数次央求父母，不要再让他们踢球了，但是受限于合同的约束，他们的父母说："我们也无能为力。"他们还说兄弟三人现在是意气用事，会毁了自己的大好前程。当时确实每个人都觉得兄弟三人天赋异禀，过不了几年就能成为意甲的职业球员。

一天晚上，兄弟三人偷了一辆带挂车的卡车，朝着瑞士的方向逃去。不过在半路上，他们栽到一个坑里，挂车粉身碎骨。

在边境线附近搜寻了一晚上，警方找到兄弟三人，把他们送进了少管所。在那里，三人又重新开始踢球，而且也恢复了往日的神勇。

如今，他们在曼托瓦的一个少管所，为了能尽可能长地待在里面，他们不断地惹麻烦，兄弟三人害怕，早晚有一天，他们还是需要面对外面的那个世界。

一个学徒的故事

当这个故事的讲述者在洛杉矶时,他曾长时间借住在一个希腊电影制作人的别墅里,后者拍的都是一些过时的电影,专门出口到中东阿拉伯国家。因为自认没有天赋,我们的主人公已经放弃了写小说这条路,不过他没打算回到欧洲,只是指望着哪天能被附近的大学请过去教书。

一天的大部分时间里,他都在别墅二楼的一个大房间看美国老电影度日,那里养着很多异国植物,还有宽大的皮沙发、小鱼缸和一些非洲雕塑,其中一些雕像有天花板那么高。每天下午五点,他都要出门散步,因为每到那个钟点他都忍不住想哭。他在威尔夏大道上闲逛,经常停下来对着漂亮的橱窗出神。

收留他的电影制作人喜欢在游泳池边工作,后者手里拿着热卖老电影的剧本,对导演一字一句地叮嘱,交代只要改动哪些细节，就能制作出一部虽然过时，却和原作几乎一模一样的电影。导演把他的每句话都记下，然后转交给编剧，后者的工作地点就在别墅旁边的一座小房子里，和他们在一起工作的还有一名女打字员。

两名编剧是一对夫妻，他们的穿着一模一样，都是深色的纯色套装，相同的丝绸衬衫，开一模一样的车来上班。分好工后，他们就开始各自写剧本，其间一句话都不说。他们之所以这样做，是因为听了一位精神治疗师的建议，二人已经在他那里接受了多年的治疗。

就这样，除了生活中必须要交换的一些信息之外，在一周内，编剧夫妇只会有三天晚上的交流时间，而且必须有精神治疗师在场才行。

当夫妻俩在别墅附近看见我们故事的讲述者时，二人对他投来了警惕的目光，他们以为这个人是某个著名的欧洲编剧，是过来代替他俩的。更何况，制作人从不掩饰对于他们作品的不满，看起来随时会把他们换掉，这也是因为导演对编剧夫妇这两个人毫无好感。

如此有一天，在小房子旁边的棕榈树下，主人公拉住男编剧简单地聊了两句。这是一切灾难的开始。

女编剧马上找到丈夫，质问他跟欧洲来的编剧说了些什么。但是按照治疗师的建议，男编剧并没有回答妻子的问题。这样一来，女编剧自然就怀疑二人达成了秘密协议，要一起合作写一部电影，把她踢出局。

二人的争吵到了白热化的程度，男编剧忍不住吐露了想要离婚的心声，听罢，女编剧抄起一把剪刀向他刺去，男编剧的一根手指受了重伤。

那时候九月已经过半。受到这次事件的刺激，我们的主人公旋即决定离开洛杉矶。一天早晨六点，在没有告诉任何人的情况下，他叫来辆出租车就离开了。

那天下着雨，他在内华达州的一个机场里转机，其间忍不住进了一个电话亭痛哭起来。一个晚上，他搭乘着一架只有十五个乘客的小飞机来到威奇塔，之后又乘巴士来到了堪萨斯州一个名叫阿尔登的小镇。

他的新家被栅栏围住，木质栅栏外面的草坪一直延伸到街边。小镇有八条柏油路，居民平均年龄六十岁。

小镇周围的麦田全都分割成了同样大小，一个世纪前，这些土地被分给殖民者，直到现在还属于他们。小镇外面都是土路，每天下午男人都会出去散步，一直来到流经那里的一条河才停下。

他借住在一对多年前在欧洲结识的白发老夫妇家。

几年前这对夫妇在欧洲旅行时，男人陪他们一起游览过几个意大利城市。旅行期间，名叫伊迪斯的女主人一直在记日记。回到家后，她每晚都会为全镇的两百多名居民朗读自己的日记，一读就是两年。

那些朗读之夜很受欢迎，其中的一些章节曾被多次诵读，地点要么在小镇主路旁边一家民房改建的餐厅，要么在十几英里外的一个旅馆的大厅内。

在十几天的时间里，男人被陆续介绍给阿尔登小镇上的所有居民，所有人都很高兴认识那部著名日记中的人物。

小镇镇长是个七十岁左右的瘦小老太太，她对男人说，在自己原本的想象中，他应该更矮一些，而且留着胡子。当地银行的年轻女柜员请他用法语说了一些句子，只因为他是欧洲人，这又一次在人群中引起了轰动。第二天晚上在当地的餐馆里，他不得不又把银行里说过的法语句子重复了一遍，餐馆老板原来是个音乐老师，他为男人献上了一曲名为"玫瑰人生"[1]的小提琴曲。

每跟着男主人比尔到一户人家，他都需要重复一遍那个咒语一般的句子，每次听到这句话，女主人伊迪斯都会像第一次听到那样笑起来。有一次，在十几英里外的旅馆大厅里，他们再次举行朗读之夜，比尔又用了同样的话介绍了男人，即便在场的所有人都不是第一次听到这些句子，他们还是爆发出了笑声。男人也像第一次听到一样笑起来，因为他觉得自己似乎有义务这么做。

后来，他又受邀在隔壁小镇的一所小学里发表演讲。接

---

1 *La vie en rose*，著名法语歌曲。

着又有另外两所小学邀请他做了同样的讲话，讲话的最后，应在场的成年人要求，男人照例说了几个法语句子。自己能够满足人们的愿望，知道这一点的男人更加平静，再也不会哭出来了。

他每晚都会走访一个家庭或是去一个公众集会，周日他则会参加卫理公会教堂的弥撒。去教堂之前，他会好好打理自己的仪表，并且因此感觉前所未有的好，他精心剃须，用比尔的发胶梳头，还会把耳朵上的汗毛揪下来。

后来的一个月里，他不断收到小镇居民的来信和贺卡，恭喜他在镇上取得了好口碑，几乎所有人都对他称赞有加。邮局老板的儿子也发信道贺，还邀请他随时光临自己所在的奥塔瓦。镇长的两个女儿邀请他去纽约州的哈德逊。比尔和伊迪斯的儿子还从香港给他寄来了一个王笼，里面有一只极漂亮的纸鸟。

他给每个来信的人都寄去一张感谢贺卡，在附言中努力模仿着比尔和伊迪斯每次当众介绍自己时用的词句和语气。

临近圣诞时，他去纽约州的哈德逊拜访镇长的两个女儿。他住在一个桦树林旁边，除了刚睡醒那一会儿之外，他已经不会哭泣。每次被当成名人介绍给邻居时，他总是会紧张，不过他一般都能挺过来，就像平常人那样。

圣诞节这天，他要搭飞机回欧洲。前一天的下午，他在纽约街头闲逛，街上全是刚从商店出来的人，他们开心地拎着大包小裹，快乐又不失秩序地汇入人行道的人流中。

晚上他来到皇后区的一个意大利家庭吃晚饭。

宾客们围坐在一张长桌子上相谈甚欢，不时举杯祝酒，头顶上挂着的彩灯不停地闪烁。讲完自己在堪萨斯的故事，男人发觉这里的人也开始把他当成名人，显然，他的故事对他们来说很有说服力。

那一整晚，他都像名人一样被人群簇拥着，男人情不自禁地复述起比尔的那些句子，以回馈人们的厚爱。他已经是个成熟男人，那天他梳了头，剃了须，戴了一条漂亮的红色领带，他还明白了生活的真谛：通过一系列的仪式性关系维持一种没什么根据的东西。

几个月后在皮亚琴察，他终于接受了自己的处境，不再哭泣。他甚至接受了自己不能像在堪萨斯时一样有名，即便那里的聚会和仪式还是令他难以忘怀。就这样，虽然往事已如烟般远去，他还是写出了自己作为比尔和伊迪斯学徒的故事，也就是你们刚读完的这个故事。

一个理发师死后的生活

从前有个理发师来到皮亚琴察服役,当时这座城市里遍布营房,穿着制服的大兵在街上随处可见。这个故事要追溯到打仗的时候,当时理发师在皮亚琴察认识了一个女孩儿,并和她结了婚。被德国人俘虏后,理发师被送到了德国做工,几年后才回到妻子所在的城市,开了一间男子理发店。他妻子则在这个乡间理发店的楼上开了一间女子理发店。

时间一天天过去,有天晚上在回家的路上,理发师发觉好像在楼梯上看见了一个朋友,但他根本不应该存在,因为这个人多年前就在阿尔巴尼亚战死了。他把这件事告诉了妻子,得到的答复却是赶快找家医院医治一下,因为她不想和一个整天疑神疑鬼的人待在一起。理发师听了妻子的话,住进了一家精神病院。

他在精神病院待了一年，又待了两年，最后院方宣布他可以出院，并把他送回了家。

在此期间，他的妻子已经把家和理发店都搬到了城里，一个阳光明媚的日子，理发师出现在了她的理发店。

妻子表示不愿意收留他，因为他才刚从精神病院出来不久。事情来得太突然，她想确保理发师的确已经痊愈，不会有其他的幻觉出现。理发师答应了她，回到乡下原本理发店楼上的家中居住。

接下来的几个月里，男人没有表现出任何异常，幻觉也没再出现。他隔三岔五就会骑自行车去城里找妻子，每一次都要问她，是否已经准备好重新接纳他一起生活。

而妻子看起来对他越来越不耐烦，因为店里的生意实在太忙，有一次她终于对理发师说：你不要再来了。

理发师再次接受，但不久之后，他开始觉得妻子根本没有当他存在。他开始跟自己乡下理发店的主顾们说起这件事，说自己的妻子就像没有他这个人一样，他不能接受。

他甚至开始觉得，所有人都像妻子一样当他不存在，或者说没把他当成一个活人，在街上，在酒吧里，在办公室里，无不如此。他觉得这一切跟自己在战争中的一次经历有关，那次在特雷比亚河[1]边，有一个德国士兵朝他开枪但没

1　意大利北部河流。

有命中。很显然,所有人都以为德国士兵击中了他,也就理所当然地认为他已经不在人世很久了。

拼凑出这个理论之后,他每个周末都要来到特雷比亚河,穿上渔民的防水服在河床下翻找。那正是那天晚上德国士兵朝他射击的地方,他找的是那颗子弹,既然没有击中自己,那它肯定还在河底。

他开始跟顾客们说起自己在特雷比亚的河沙里丢失的那个东西,那个和自己的生活息息相关的东西。他从来都不用"生命"这个词,而只是说自己的"生活"。

看着他每个周日在河里翻找,为了逗他,特雷比亚河上的渔夫有时会问他是否在寻找上帝存在的证据。他每次都回答说:"不,我是在找我存在的证据。"

理发师去世几个月后,妻子发现自己怀孕了,她开始散布消息说孩子是理发师的。后来她又到处说理发师向自己托了梦,说他很高兴听到自己是孩子父亲的消息,因为这样就说明,妻子当他存在了。

据女人说,理发师还跟自己托过好几次梦,每次都坚称自己的生活没有结束。直到女人再婚搬去了另外一座城市,理发师才没有再出现。

关于面子的价值

有一个徐娘半老的女人,多年来她都在克雷莫纳[1]的几户有钱人家里做小时工。据说,当年她刚刚离开孤儿院,就遇到了一个人称"卡拉布里亚[2]人"的男人,她怀孕后,两人便奉子成婚。后来这个男人消失了,他因为一桩盗窃案被警方追捕,最后被抓进了监狱。

打那以后,女人开始做用人,大家都说她攒下了好大一笔钱。她把工作得来的每一分钱都攒下来,这些年里只靠吃主人家的剩饭或从餐馆收集厨余过活。她想用这些积蓄买个房子,在儿子打算结婚时送给他。

女人的儿子大约二十五岁,长得粗粗壮壮,看起来不是

---

[1] 意大利北部城市。
[2] 意大利南部大区。

个勤快人，甚至还曾因为小偷小摸和销赃几度入狱。这会儿他刚出狱不久，和母亲住在一起，而且完全靠她养活。不过，他好像在牢里学会了画画的手艺，现如今专攻女明星的裸体画，作品完全不愁销路。

至于那个人称"卡拉布里亚人"的男人，后来他又出现在克雷莫纳一带，还发了一笔小财。附近工厂连续发生了几起火灾，随后他便自称是防火专家，顺利地拿下了几笔收入不菲的防火项目。不过最近几年他混得不太如意，蓬头垢面不说，还疾病缠身。他和一个年轻女人住在一座废弃工厂的地下室，偶尔去一家汽车废旧零件仓库做临时工。他好几次来到妻子家中，自称思念儿子，然后每当哭着张口要钱时，都会被骂出门去。

最近，这位"卡拉布里亚人"造访了一位律师，后者就是负责给他妻子提供投资建议的那个人，他想要打听妻子的财产状况，自称贫病交加无人照料，既然两人仍是夫妻，女人就有义务帮助自己。

一星期后，律师把"卡拉布里亚人"和女人叫到一起，两人从屋里一直吵到街上。这时，女人从包里拿出一颗早就备好的石子朝自己所谓的丈夫扔了过去。

男人被送往医院救治，女人则被控故意伤人。就在这时发生了一件事情，改变了整个事件的走向。

这天，"卡拉布里亚人"受邀来到律师的办公室，律师告诉他说，女人邀请他参加儿子的婚礼。他们的儿子刚刚认识了一位年轻可爱的姑娘，两人准备马上成婚，当父亲的理应参加儿子的婚礼。

"卡拉布里亚人"不假思索地拒绝了邀请，说自己连身像样的衣服都没有，就这样去参加婚礼只会给儿子丢脸。女人答复说，只要他能来，就给他从头到脚置办一身新行头。

不过"卡拉布里亚人"仍然不肯，说如果自己要去的话，就必须带着自己的女伴和一份像样的结婚礼物，而礼物嘛他自己肯定是买不起的。听完对方的话，女人就收回了刚刚答应的条件，因为她不想听到关于他那个女伴的任何事情，就算没有他，婚礼也照样能举行。除非他答应自己来，这样他就能得到一笔钱，可以买一台洗衣机当结婚礼物。

"卡拉布里亚人"又说，自己很想参加婚礼，但是如果需要走着来，他是不太乐意的，认识他的人都知道他是一个汽车爱好者。他想要什么呢？一辆小汽车。在他撤销了对妻子的指控之后，女人打来了买小汽车的钱，于是就有了接下来的一幕。

女人正在一家打印店里，她要为婚礼印制几百封请柬：请柬会发给所有自己工作中交往过的人，其中有律师、公证员、医生、富商、餐馆老板、城里的教授，以及另外一些旧相识。

同一天早上，她来到电器商店，买了一台洗碗机和一台大屏幕电视机；在隔壁的小店，她又买了一只会说"晚上好""你好"的鹦鹉。

她又来到小吃店，为这次有上百宾客的婚宴谈妥了价格。当女人从那里走出来，她三十年的积蓄已经所剩无几。不过，在替儿子打理完结婚买房的事后，她可以说已经别无所求了。

婚宴是在一个大厅里举行的，里面摆满了铺着纸质桌布的餐桌。从主桌后面的炉子可以看出，这里只不过是一间供来往货车司机歇脚吃饭的比萨店。

婚礼那天，宾客们全都到齐了，明眼人立马就能看出，桌椅准备得多了。

胖新郎一脸疲惫地到场了，随后是新娘，她穿着带裙裾的丝质婚纱。接下来是新娘母亲同楼的六个邻居，以及一个没有人认识的年轻人，后者留着山羊胡和小胡子。另外还有律师，不过他只是过来跟新郎的母亲耳语几句的。有个男人穿着夹克和一条皱巴巴的裤子，他是一家汽车废旧零件仓库的老板，新郎的父亲在他那里做临时工。

最后还有一位相当有名的网球运动员，他是直到最后时刻才答应新郎的母亲前来，他到场让婚礼增光不少，毕竟那些律师、医生和教授们都没有赴约。

此时，无论新郎的父亲，还是他的礼物，都还不见踪影。律师把新郎的母亲叫到一边说："您的丈夫就是个无赖，我很乐意帮您起诉他。"

然后他又说，作为她的律师，他认为自己有必要向她报告一桩半小时前的新发现。

他发现，新娘子本人就是她丈夫的那个女伴，正是"卡拉布里亚人"把她介绍给了自己的儿子，为的就是让两人结婚，好把新房占为己有。此时这个"卡拉布里亚人"已经搬进了几天前她花了毕生积蓄给儿子买的公寓里。而且，三个人已经决定开始自己的"三人小世界"，更可恨的是，现行法律并不能禁止他们的行径。

刚听到这个消息时，女人还有些不知所措。不过她马上发现，在场的人似乎都没有察觉到丈夫的缺席，就好像这个人并不存在，所有人都在听网球运动员吹嘘自己在澳大利亚比赛时的见闻。

想了一会儿，女人对律师说："行吧，目前这里一切都好。"然后她又解释说："如果没有人发现的话，那就等于什么都没发生。"

律师回答，早晚有一天人们会发现其中的猫腻。可是女人打发他说："你说得对，但是在那之前我都可以假装什么都不知道，也不会难过，因为什么都没发生。"

后来，房间里进来了一帮过路的货车司机，他们认出了网球运动员，女人邀请他们和宾客们坐在了一起，再后来，无论来了什么人，她都会邀请对方一起坐下用餐。最后，整个房间坐满了人，再没有比这更成功的宴会了，因为所有人都以为其他人也是应邀前来的，新郎新娘家的人脉之广可见一斑。

一直到婚礼行将结束，已经吃完结婚蛋糕的时候，新郎的父亲才姗姗来迟。他衣冠楚楚，面带笑容，不断地为自己的迟到向宾客致歉，他又向众人展示了自己停在路边的新跑车，那是他在当天早晨刚花费巨资买下的。

但是宾客们对他并不在意，因为没有人认识他，只有汽车废旧零件仓库的老板回答说："新车只要买下来就折价一半，如果再出点什么事故直接就一文不值。最后都得拆了变成零件，全部都归我，根本不经用。那你说还费劲赚钱买车干什么？不就跟白花钱一样吗？"

逝去的时间

有一个女人每天都开车上下班,一来一回加起来要五十千米。她一天中最艰难的时刻是回家的路上,此时她就开始聆听时间的逝去。

过了克雷莫纳,朝东往波河平原下游走,你会遇上一个大型购物中心,高耸的广告牌在很远处就能看见。那里有两家长而矮的超市,大路旁边有两个停车场,足足占据了田野中间的很大一块地方。停车场上播放着音乐,大喇叭里不时播送一些打折信息,管理员将私家车引导至不同的方向。从车里下来的多数是一家人,他们从附近的村庄驱车前来购物。每次从那里经过,女人总是觉得里面的人移动的方式看起来不怎么令人舒服,这个空旷的空间里,所有人都变得古怪。

再往前走不远,你会来到一个名叫奇科尼奥洛的小镇,离开了波河平原的下游,土地的形状开始变得统一,一直到天边地形都没什么起伏。从远处可以看见笔直的大路,路旁间或竖着路灯,时不时地有一些卡车或是拖拉机经过。每天晚上,女人都能在乡野里发现一种奇怪的宁静。

直到女人到达了一个地方,那里有一些带花园的小别墅,还有一些带花园楼梯、到处摆满了花的双层别墅。在那里可以觉察到一种和空地上不同的安静,那是一种住家的安静,环绕着周边的村镇,在乡野里四散开来。

女人说,在那附近可以看见车辆来来往往,但从来都看不见狗和孩子。就好像他们活着的唯一目的就是远离烦心、尴尬和复杂,那里的居民们一般闭门不出,万一出门要么为了工作,要么为了去超市购物。

那里的人也想不起来外面有什么,他们只记得一天有几个小时以及逝去的时间。所以,在那个被住家的安静充满的空间里,只有逝去的时间,那种安静让时间变得缓慢,就好像永远都不会逝去。

也没人能听到远处其他人制造的噪声,正是靠着这些声音,我们才能知道外面的世界正在正常运转。把自己关在室内的人只能想着这种噪声的缺席,等待着挨到午饭时间、晚饭时间和看电视的时间。不过,当人们去想时间的时候,它就会像一根皮筋一样拉长,那里面的居民们经常被吓得魂不守舍,因为有那么一分钟总也过不去。

每当经过一个名叫皮耶韦圣贾科莫的小镇时，那里的居民总会让女人萌生出一种孤独感，他们全都把自己锁在家里，思考着什么。小镇入口处有一个巨大的房地产广告牌，小镇上很少能看见什么活物，只有几个穿着臃肿的女人会偶尔经过，她们骑着自行车唰地一下就消失了。

经过一段平路之后，你就到了一群形状一样的小别墅面前，那里正是女人住的地方。其中最气派的一栋别墅独占一片草坪，上面有一条像雕塑一样一动不动的猎犬注视着前方。在其他稍逊一筹的别墅里则放着迪士尼电影里面的那种小矮人雕像，大门左右各放一个。这些别墅的外墙大部分都贴了瓷片，房子的前面有微型景观树、小型草坪以及开满了花的花坛。

很多时候女人都不想马上进家门，她不想看见父母像僵尸一样看着电视打发时间。她会沿着去往卡萨尔马焦雷的省道一直往前开，一直到圣达涅莱波或更远的地方。在那里她也会经过一些小别墅，其中有很多都是乡村风格，外墙贴着假石头，草坪上用不规则形状的石板铺成的小路一直延伸到篱笆。草坪上一般开满了小雏菊，房子前有几口用石灰砌成的假井、几株微型景观树和一个月桂或玉兰的灌木丛。很多花园里还有个好莱坞式的小型泳池。

看着这些房子，女人经常惊叹于这些无休止的缩微景观，里面的居民肯定为此花了不少心思。她看得越来越入神，慢慢地，她感觉周遭的空旷才是一种更加无止境的规律，比能想到的那些更加有秩序。就像是一个无比复杂的陷阱，将不确定性和羞耻拒于千里之外，将生活琐事中的任何严肃的成分消解于无形。

她说，在那个不怎么严肃的阴谋里，时间就只是时间而已，时间不需要有时间，因为它哪里都不去。而那些可怜的居民们，他们身陷陷阱之中，变得迷惘，任何一次不巧或意外都能让他们变得像僵尸一样。

晚上开车闲逛时，她有时会在圣达涅莱广场上的酒吧门口停下来。那里总是会有一帮年轻人坐在酒吧外面，他们一脸满足地坐在椅子上听着点唱机里传来的音乐。看着他们，不知道为何，女人开始厌恶自己对那些住宅及其中居民们的看法。她再也不想评判什么，尘归尘，土归土，说到底，一切都只是时间在流逝罢了。

世界如何运行

在帕尔马省离波河不远的一个小村子，我听说了一个老印刷工人的故事，他从工作岗位上退下，因为他终于决定开始动笔，写自己构思了很久的回忆录。回忆录的主题是：世界如何运行。

退休后，老印刷工人每天都会骑着摩托车到处转，看到什么文字就读什么。他一直都很喜欢阅读，而且他觉得，如果想要搞清楚世界如何运行，就必须阅读一切。

不久后他发现，除了文字之外，其他东西已经入不了自己的法眼。广告、广告牌、橱窗里的标牌、贴满了标语的墙壁，他一概不放过，刚出门半天，他就已经读过成千上万的文字。如此一来，等他回到家时，他已经既不想读书也不想写字，只愿意打开电视看足球比赛。

他开始觉得，自己的回忆录可能要写不成了，需要读的东西实在太多。他骑摩托出门的时候，街上的印刷文字和标语越来越多，广告也随处可见。有一天，他突然想知道到底发生了什么：为什么能看到的文字越来越多？肯定是出什么事了。

他找到一个从俄罗斯进口肉类的贩子。既然肉贩子经常去俄罗斯，他肯定知道外面的情势。肉贩子告诉他说，现在人们觉得吃肉越多越好，因此，为了满足他们的需求，他得经常跑去俄罗斯，不过据他所知，那里并没有发生什么。

于是印刷工又去了帕尔马大学。在这里他只遇到了一些对此一无所知的学生和一辈子都在说话的教授，他觉得教授的话把所有人都逼疯了。他知道，那里也没有人能帮得了他。

下午骑摩托车出去转的时候，他带上了自己的小孙女，并把自己的问题告诉了她。小孙女向他介绍了自己的科学老师，那是个年轻的发明家，住在小镇外面。

发明家是个长发及肩的年轻人，总是穿着一件机师围裙。他对印刷工说，自己之前从没有想过这个问题，于是三个人——印刷工、小孙女和发明家，一起开始思考。

印刷工表示，还是需要回到世界如何运行这个问题上，三个人开始思考这个问题。经过一番思索和讨论，三人得出了一个结论：世界之所以运行是因为人会思考，人会思考如何让世界运行。

但是，人为什么会思考呢？思考又是什么？于是三人（尤其是小孙女，她对科学研究有着浓厚的兴趣）从书店买来了讲义、百科全书和一些别的书籍，开始了他们的研究。他们了解到，外部和内部冲动都是一种沿着神经运动的电流，这种电流会一直到达轴突神经或者一种脑细胞延伸出来的线，（冲动）经过一种被称为突触的点时会有一个轻微的跳动，然后就像是汽车电池里一样发生一次去极化，也就是说，除了一堆电路图之外，大脑里什么都没有。

除了他们最后形成的灾难性结论之外，我对他们的研究知之甚少，有一天印刷工在酒吧里告诉了我这个结论。他说，没有人能说清楚，也没有任何讲义或百科全书解释过，人为什么会记得一个月前喝过的一碗汤，因为这时候在他脑中这碗汤的脑电痕迹已经不复存在。

于是三个人做起了实验，他们用的是一台发明家在司法拍卖中拍到的脑电波仪。他们研究了人睡觉时、清醒时、有困意时和生气时的脑电波。接着开始拿一株花瓶里的植物做实验。

他们把植物的叶子连接到仪器的电极上，开始研究植物在有人靠近时的不同反应。电波可以在仪器屏幕上看到，根据站在植物面前的人做或想的事情不同，电波的形状也会发生变化。例如，有一天发明家打了小孙女一个耳光，屏幕上的电波马上到达了极值，就好像植物生气了。还有一天，也是当着植物的面,他好好地拍了一通同事的马屁,屏幕上的电波就变得平缓,就好像是睡着的人的脑电波。

这些植物和仪器带来的试验结果驱使三人思考人到底在想些什么。他们想到的第一个问题是:有钱人在想些什么?

他们借来一辆小货车,趁着夜色来到小镇旁富人的别墅边上。小孙女和印刷工负责把风,年轻的发明家翻过墙头,把电极连接到一棵离别墅窗户最近的树的叶子上。然后三人在小货车里记录电波的形状。

那些别墅的每一面都被树环绕着,树枝一直延伸到窗户边上。连接好电极,三人希望能通过树木的电波反应来了解那些老是把自己关在屋里看电视的富人到底在想些什么。他们还活着?还是死了?抑或只是睡着了而已?他们在想什么?他们没在想?还是说他们只是梦想着会发生什么?

整个夏天,他们不断做着同样的实验,累积了相当多的电波图。他们比较这些电波图,拿电波图和书上的图进行比对,最后他们知道自己什么都没明白。

于是他们想到给市长写一封信,向他讲述自己失败的经历。市长把信交给了文化顾问,后者组织了一个研讨会,主题正合三人的心意:世界如何运行?

他们邀请到一位经常参加会议的演讲人,他涉猎的话题很多,经常会提到自己的童年和记忆。他用了不到一小时就解决了问题，解答了印刷工、小女孩和发明家的疑惑，干脆利索地结束了整个研讨会。听众们掌声雷动，因为他们很高兴能知道，外面的世界简单到只需要半小时就能说清楚。

接着，等到大家离开大厅来到街上时，他们立马忘记了刚才听到的话，演讲人也忘了自己说了什么，到了第二天，甚至没人能想起研讨会的主题是什么了。小镇上的一切照旧正常运转着，只不过在印刷工目光所及的任何地方，还是充斥着越来越多的标语、标牌和广告词。

一则摆脱迷惘的寓言

从前有一个帕尔马的学生偶然读到了克努特·汉姆生[1]的两部小说,于是马上在晚上自己写起了小说。他移居到法国蒙彼利埃,在一家大型汽车修理厂找到了工作。

他的工作是收银,工作岗位就在出口旁边的一个玻璃盒子里,从那里可以看到机师们跟他打的手势,他就能明白这部车刚做了什么维修。顾客从他的玻璃盒子旁边经过时,他要算出人工和零件费用各是多少,还在总额上加上税率。

中午休息时他会去大学食堂吃饭,那是一个玻璃水泥的巨大建筑,里面放着木制的长凳和长桌,在那里他交到了很多朋友,其中就包括一个在当地读书的女孩,接着两人住到了一起。

---

[1] Knut Hamsun,1859—1952,挪威作家。

他仍然在晚上写着自己的小说，不过在写了差不多五十篇之后，他发觉一点都不喜欢自己的作品。他认为，大概只有在沙漠里、在濒死的边缘，才有写东西的价值。

于是他出发去了塞文山脉[1]，在群山间的一个山洞里扎帐篷住了下来。每星期他会下两次山，去最近的村庄里买一些生活必需品，剩下的时间里，他会把平时见到的寻常和不寻常的事全记在笔记本上。

在山洞里，他先是患上了腰痛，完全动弹不得，接着又发烧到一直打喷嚏。他寄了一封信给女朋友，信中说描写外表是多么困难，他说词语是用另一种面团做成的，他无法将其表面所表达的描述出来。另外，当一个人置身于那种地方的时候，任何故事看起来都像是虚假的。

有一天，他下山来到最近的一座城市，在看见第一个垃圾箱时，就把自己的笔记本全部丢了进去，接着就上了回家的火车。

回到家时，他发现了一张女朋友留下的向他告别的小纸条。之后他等了女朋友整整三个月，其间基本是在卧床，因为在山里患上的腰痛一直没有痊愈。

一年后，他又重新回到了汽车修理厂工作，他在蒙彼利埃大学注册入学，不过由于关节的风湿病一直卧床。一天下

---

[1] 法国中央高原东南部的山脉。

午，他的女朋友回来了，说愿意和他一起生活。

又过了一年，他们的儿子出世了，他即将完成在大学的学业，他女朋友在一个科研机构的图书馆工作。

突然有一天，女孩辞掉了图书馆的工作，徒步穿越整个法国，一直来到英国。然后，她开始往回走，在路上认识了一群养马的犹太人，他们当时正带着马匹在法国南部的牧场转场。

这群人认为人类世界即将终结，他们终日诵读《圣经》，不想和城市有组织的生活或是工业商品扯上任何关系。女孩从他们那里学会了饲养马匹，也和他们一起到处转场放牧。

他们当时在拉扎克大区。有一天，当女孩去附近的村庄买东西的时候，这群人被冲锋枪扫射而死，一个活口都没留。有人认为这是正在当地训练的纳粹分子所为，但有人目击到，其实是一群身穿迷彩服的人正在一个荒漠峡谷里进行射击练习。

回到家，女孩患上了面瘫。经历了这一系列事件，我们的男主角就再也没能写出什么东西来。

一个讲述者关于美好结局的想法

有一个药剂师的儿子在国外上学。父亲去世后，他回到家乡继承父亲的药店，在曼托瓦省维亚达纳附近的一个小村子里当起了药剂师。

关于他学识渊博的传言很快就传遍了四里八乡，人们说他拥有巨量的藏书，有治疗耳病的神术，知道一种灌溉土地的最新方法，还会说十二门语言，而且据说，他最近正在把《神曲》翻译成德语。

附近一家乳品厂的老板决定雇用这位成熟的学人来为自己上高中的女儿补课。他的女儿是个运动好手，读书却不怎么行，书籍、拉丁语和意大利语的散文都提不起她的兴趣。药剂师接下了这份工作，不过更多是出于对知识的热爱，而不是对钱的追求。一整个夏天，他每天都会去给我们的女运动员补课。

有一天，女运动员爱上了他，为此她甚至放弃了体育训练，开始用拉丁语写诗和散文，最后竟然写起了长信。

还有人说，为了带女孩出去兜风，药剂师专门买了一辆车，有时二人甚至会去马棚私会。

不过，二人在夏末开始的恋爱一直到冬天才告败露。女孩所在寄宿中学的修女没收了她的一包信件，并交给了她的父母。在牛奶厂老板看来，信的内容简直是在造反，他决定毁掉药剂师，并将他永远逐出村子。

女孩的兄弟们当时参加了法西斯党，他们去位于村子广场上的药房里打砸了好几次，有一次还用棍子痛打了药剂师本人。

不过，药剂师对于发生的一切似乎并没有丝毫的担心。在相当长的一段时间里，他依然在被砸烂的药房里接待病人，毫不在意身边的玻璃碎片和破烂的柜台。直到有一天，他把店关了，彻底隐退到书籍中，只在少数必要的时候才出门。

整个村子都知道他已经埋头学术，人们偶尔会看见他微笑着走向邮局，去拿他刚收到的新书。

后来他进了医院，接着又被转到了一家疗养院休养。他在那里待了很多年，人们再也没有听说过他的消息。

从疗养院回来之后，老学者已经瘦骨嶙峋。负责看护他的年长女人对众人抱怨说他从来都不吃饭，他说吃这件事很是麻烦，所以只是终日和自己的书待在一起。

老人变得越来越瘦，出门的次数也越来越少。他看上去已经不认得任何人，甚至有几次在广场上偶遇牛奶厂老板女儿时也没有任何反应。不过，他对每个人都会致以微笑，有人说，他甚至会对狗脱帽致意。

在他的老保姆死后，他就再也没有进食过，就这样又撑了好几个星期。等人们发现他在自己家中身亡时，他已经与一具骷髅无异，骨头上紧紧包裹着一层薄薄的皮肤。

他瘫在一本书的最后一页上，手上还拿着一个做标记的纸条。

几年后，他的一个侄子继承了他的藏书。读着这些书，侄子终于明白了老学者是怎样走过最后的人生旅途的。

对于老学者而言，所有的小说、故事和史实都应该有个美好的结局。他显然无法忍受悲剧的结尾，无法忍受故事以伤感、沉郁的方式结束。所以他花了好几年的时间重写了一百多本各种语言的书的结尾。他把重写的部分夹在书里，为每本书赋予一个美好的结局。

在弥留之际的那几天，他一直在重写《包法利夫人》第三部分的第八章，也就是艾玛死去的那一段。在他的新版本中，艾玛不仅成功痊愈，而且还和丈夫复合了。

他最后的作品就是手里攥着的那张纸条，那时他已经快要饿死，但还坚持要改写一部翻译成法语的俄国小说。也许这也是他最完美的作品，他仅仅改了三个字，就把一桩悲剧变成了幸福的大团圆。

博戈福泰的鬼魂

在曼托瓦省博戈福泰，有一条河沿着波河河堤蜿蜒流淌，一直来到奥利奥河与波河交界处。那里有一座浮桥，原本这一带有很多这种浮桥，现如今只剩下几座。

除了开头的一小段，整条路都没铺沥青。周围有很多殖民地风格的房子，大多破破烂烂，就算有一些相对较新，也已经无人居住。待到入夜，那里就更难遇上什么人，尤其是冬天的那几个月，石子小路被大雾笼罩，街头更是一人难觅。

十一月的一个晚上，在同一个办公室工作的两个女人相约一道回家，归途中两人经过了那条路，当时正赶上天降大雨。昏暗的小路只有靠车灯照亮。这时河堤边上出现了一个男孩，准确来说应该是个小男孩儿，大雨中的他正打着拦车的手势。

从看到河堤上的那个小男孩开始,一直到停下来让他上车,两个女人有充足的时间对此事产生怀疑。更何况她们就住在那一带,所有的居民都认识,唯独那个在夜色中迷路的男孩她们从来都没见过。让她们感觉奇怪的另一点是,男孩的身上既没雨衣也没大衣,只穿着一件条纹短袖衫和一条短裤在十一月的雨夜中游荡。

不过在上车坐到后排之后,男孩就侃侃而谈起来,两人悬着的心也放下。据男孩说,他是出来沿着奥利奥河骑自行车的,来到浮桥时突然天降大雨。无处藏身的他将自行车留在河对岸,只身穿过浮桥,希望能拦到一辆车回家。

他说自己十二岁,姓甚名谁,在哪里上学,父亲做什么,住在哪个街区。两个女人问为什么没见过他,男孩回答说自己也不知道。

三个人来到旷野中的一个地方,这里距离女人们本来的目的地已经很远。看到几所房子后,男孩说可以在这里把他放下,他就住在不远的地方,沿着一条小路就能走过去。他谢过两个女人,打开车门径直冲向雨中,慢慢地消失在那条小路上。

直到此时,两个好友中的其中一个才注意到一件事。当男孩冲出车外时,他的身上看上去一点儿都没淋湿,衣服上、脸上、头上,到处都没有水渍。而且她记得,男孩在瓢泼大雨中上车时似乎就是这副模样，只不过这会儿她才发觉。她的同伴也觉得自己看到了相同的事情，两个人决定摸一摸男孩坐过的后座。

在手指碰到座位的一瞬间，她们发现上面一点水都没有。男孩上车前正下着大雨，但他坐过的地方，甚至汽车地板上都不见任何水迹。

天上下着雨，路上一个人影都没有，就在这时，两个女人慌了。她们火急火燎地回到家里，她们住在年长女人的家里，她丈夫也是另一个女人的堂兄。

出于一些考虑，她们没有把刚才发生的事情告诉男人。第二天是个周日，她俩又回到男孩下车的那个地方，她们发现那里所有的居民都对她们的这位乘客一无所知。

无论在那片区域，还是乡野里那些殖民地风格的房子里，都没人见过或是听说过两个人载过的那个男孩。听过两人的故事之后，每个人都会摆摆手，还有人说，男孩可能是外地来的，还关切地问她们有没有丢东西。

切索莱、坎皮泰洛、博戈福泰和赛拉里奥的警察们翻看了户籍登记簿，同样没有找到有关男孩或是他家人的任何记录。而且，有一天晚上回家的时候，两个女人发现，在一个月前的一次涨水后，奥利奥河上的浮桥就因危险而封闭。也就是说，她们的乘客不可能住在河的另一边。

在酒吧里听说这个故事后，年长女人的丈夫对两个女人大发雷霆。在他看来男孩就是从博戈福泰来的，他之所以出现在那一带，是为了在河堤旁边的房子里行窃，除了夏天之外，那里的房子都没人居住。

不过两个女人觉得那个男孩当时并不像是在说谎。而且她们还声称当时找不到水渍，男人彻底疯了。他说这种事是不可能发生的，两个女人只不过是出现了"癔症幻觉"，也许是因为她们一直都念叨说想要个孩子。

圣诞节过后，年长的女人离开了丈夫，两人来到博戈福泰外离波河上的一座桥不远的一个小房子里居住。男人又纠缠了两个女人几个月时间，每次偶遇两人，他都会朝她们大喊说两个人疯了。在那之后，他就被公司派去出外差，很久都没再露过面。

一天晚上，年轻的女人梦到了那个男孩，还是在那段河堤上，身边的人都穿着过去的衣服，看上去大概是四十年前了。她不断地找其他人打听那些衣服的年代，最后找到了一个曼托瓦书商。

也许是觉得自己从梦中明白了什么，她又找到书商谈了好几次。

曼托瓦的书商感觉，两个人并没有将自身的存在看成什么重要的事情。他觉得两人只是把自己当成了"画面来往的通道或道路"：她们是一些画面来往通过的点，没人知道这些画面的意义，可以是梦中的画面、日常的画面，以及不知为何她们会看到的画面，就像那个男孩一样。

书商还认为，从两人的话来看，那个男孩就像一段时间的回归，如同往复的螺旋，其他人之所以都看不到男孩，是因为他们只认识自己的画面，因为他们盲目地相信自己的存在。

听罢书商的话，两人很平静，完全没有悲伤的意思，只是简单地说了说自己的想法。

女人找到一个人称灵媒的护士，对方教她俩打坐，以此唤来男孩的鬼魂。年轻的女人大喊说那不是鬼魂。护士反问："如果不是鬼魂的话，那是什么东西？"两个女人于是把她打发走了。

后来，年轻的女人患上重病住进医院休养。当曼托瓦的书商找到她，女人已经不太想说发生过什么事了。

从机场而来

很长时间以来,他都不再用自己的母语说和写。他做的那份工作只会用到一门外语的一些技术词汇。在那个大洲,他从来都没能听懂过其他人在说些什么,这份工作重塑了他的面容,改变了他的语调。这个向别人分享自己的旅行生涯的角色,他已经扮演了太久,于是他决定返回自己的大洲,因为这样一来他可以在机场——这个他最喜欢的地方待着,只有在这里,他身边才全都是些和自己有着相同目的的人。

很多专家都把他看作某方面的行家。但他还是想得奖,并不是奖赏他教给别人的那些专业公式,而是为了报偿他为了维持那个岌岌可危的学科而做出的努力,他在站不住脚的事实、不是证据的证据、为了解释而做出的解释之间周旋,而他之所以最后还能自圆其说,全都要拜那些精确的专业术语所赐。当身处那个陌生大陆时,他一直渴望能因此得到掌声,渴望能像一个魔术师一样向观众鞠躬致意,因为他以完美的手法蒙蔽了所有人,他可以微笑着自得于自己作为一个科学家精巧的骗术。

现在,他住在一个牛奶房里,他到来之前那里刚刚改造过。早晨醒来后,他经常会计算自己身处的地方到底有多大,他就像在空中俯视一样,看着波河平原在地下变成了一块平板,东边的道路和村庄一直延伸到海边。他会跑出去看刚刚醒过来的天空,这个习惯他已经养成许多年,随着岁数的增长,每天他想出去的时间越来越早,他不仅想看原野上的天空,还想看天空上的星星。他不觉得这是什么老年性的失眠,而仅仅是想在开始一天前看看星星而已。他说这样能调整好他的呼吸,能让他在工作时不会觉得自己的研究过于无用。

正午时分,阳光洒满房间,他突然发现自己花费了多年的是一项结论早已注定、因此毫无意义的研究,就像那些被他称为"坏范例"的早有结论的系统性话题一样。他说,只要阳光从窗户照射进来,无论是木板条,还是厨房的桌子板凳都变成了"他的客体",一切在他看来都变得毫无意义,令人无法忍受:门廊下的胶靴、常年停在他门口的不知属于谁的汽车,甚至是那些门前一动不动的树木,它们就好像在嘲笑自己,因为他不是一个自然主义者(当时有这样一个称呼），对于这些树木的名字他一无所知。

正因为如此，只要太阳一升起，他就必须放弃工作，出门开始自己作为一个孤独漫步者在乡间的旅途。有时候，他在出门之前会跟物件说一会儿话。他的听众主要是厨房的地板木条们，在他看来，它们在那里就像是在验证自己的某个想法。他跟木条们说："我并不是你们的主人，即便我正看着你们。就算你们每天一早像旧相识那样点头哈腰也没用，我们走不到一起。"

他几乎逃一样地离开了那座房子，对于他而言，构成那座房子的已经不是砖瓦，而是自我的投射影像。这些投射为一切赋予了一层光晕，还塑造了一种周而复始的生活的表象。所以，没有铺沥青的小路、开阔的野地、耕过的田地、废弃的乡下墓地，全都成了某种投射里的另一些地方，看到大千世界的这些细节时他总是要记笔记。在那里，有一条高速公路横穿过田地，旁边的土地长满杂草，无论在哪里，他的视线都躲不开这些野草：荨麻、夹竹桃、棕矢车菊、野蓟、鸭草、百夫长、来自草原的猪毛草，每种草分布的区域分明，夹杂在包装箱、砖块、废弃金属以及其他废弃物中间。

在他看来，这些草一点都不惺惺作态，它们在各个大洲的土地上扎根，去的都是空气和土壤酸度更高的地方，这些草使他想到另一个世界，他感觉自己是被排除在外的。

就连远处雾气里一行行的杨树、柏树和桑树，以及掩映在浓雾中的那座河堤上的房子也是如此，全都不卑不亢地耸立在那里。它们并不强求他要将其视为自身世界图景的一部分，也不必对其保有记忆和乡愁。

正因为如此，他说，在下雾的时候，站在一段河堤上，自己才有机会想在工作时无暇去想的一些事。在那个时刻，他身体的孤独让他得以忘记自己处世时的种种不力，而想象出外面存在的一切，事物、现象、人群，它们被用思维设计出的操作精细地连接，被无尽的细节、讲述过和未讲述过的故事联系，在星球的虚空之中上演着永不中断的剧情。

他就这样站在雾中，脑海中闪现着这些念头，时不时泛出一丝喜悦。因为在那时，身在那段河堤上就如同身处任何地方，他本身也属于其中的那个剧情就像一直伴随着他，存在于他的身体和思想之中。

他说，自从做了摘除鼻腔息肉的手术，自己就失去了嗅觉，但也变得更加理性，最近几年他还有点聋了，因此又更理性了一些。也许只有在失去某些感官之后，人才会变得理性。就比如说，失去嗅觉后，他才开始想各个季节的气味，在他的想象中，那是世界上最好的指路工具，比指南针还管用。

他说自己从来都没有过站在客观角度看待自己的能力，无论青年时代还是成熟之后，他都无法摆脱与生俱来的紧张，根本不了解自己的短处，就只想往前走。现在他看着短处指出了自己的路径，他做其他事时的无能将他引向了如今的这条路。他在美国和加拿大前后生活了三十年，其间连一个英语单词的正确发音都没学会，也没学会说英语。他喜欢听口音。因为那会让他发笑，但是听了他的口音，任何人都会知道他是不属于任何地方的人。

他总着迷于星辰。在他看来，在遥远的星辰之上，有一种超越我们思想的延续和非延续。人类为事物、地方、草木、生活方式和感知方式取的名字，这一切在他眼中都是一个悲伤的故事，只不过是一个微不足道的非延续而已。而像他这样的人，"现代"科学家们，都是可怜的篡改者，他们试图用给事物起抽象的名词来找到一点小小的延续，那是些"新"名词、"技术"名词，还有些地名，人们在引用时以为自己指的是什么很精确的东西，更不用说还有形容词、动词。在他眼中只有动词还比较精确，想星星的时候同样如此。

自从有点聋了之后，他就开始觉得这套给事物起名的体系就是一套抽象的疯话，这一点正如他那门学科的定理，无异于一神论的抽象、货币的抽象以及其他的各种抽象。不过，他在商店和酒吧里听到的各种口音和语调对于如今耳聋的他而言就如同一种召唤，那是当下情形的歌谣，因时因令因人而变，他因此变得怡然自得，满足于和其他人一起等待时间流走。但是他无法参与商店和酒吧里的合唱，因为现如今他已经没有了任何一门自己可以说的语言。不过，当他回答别人提出的问题时，他还是很感激，因为这样一来自己就可以和别人多待一会儿。

清晨醒来时，他总感觉置身于很靠北的地方，一片冰天雪地之中。他感觉双脚冰凉，就像独自睡在雪地上的帐篷里，他下不了决心是否要走出帐篷，跑出去看看清晨的天空。我肯定病了，他当时想。

但是在那之后，当他对着房前的树小便，以此回应来自它们无尽的嘲弄时，他想到，也许只是因为自己在这个世界上存在了太久。一个人出去散步，有时他会一直走到那片阔野中的小山丘上，有时他会把那里当成星球的尽头，进入一个经验沉寂下来的瞬间。

他说，离开另一个大洲后，在机场里就是他感觉最像在家的时候。透过玻璃看着另一边的乘客排队向一架飞机走去，每次他都感觉，那些人之所以决定独自踏上旅程，只不过是因为玻璃另一边的他们已经没有任何要说的或是要做的，就像他一样，也正像他一样，他们已经屈服于自己永远都是一个旅人的命运。

宇宙来的陨石

女人说以前自己无法容忍刻薄的人。现如今的她已经释怀,不过总的来说,她认为女人要比男人大度,老人比年轻人大度,除非他们变得又蠢又坏。

很多年前,她被迫放弃了兽医专业,很长时间里都不愿出门,因为在她看来,所有人都不怎么大度。被多次施压后,她决定放弃抵抗,让家人带自己去摩德纳看一个心理医生,对方虽然还年轻,头发却已经全白。

在进行治疗前,女人想仔细观察一下他,以此来看清对方是个什么样的人,她请求医生站在房间中央让自己观察。医生从命,女人开始转着圈地看。

女人又让医生把外套脱掉,说想看看医生的肩膀。医生也答应了,他笑着问:"您觉得我怎么样?"

女人说:"我觉得您很英俊,但也有一点儿忧郁,因为您不信任别人。"女人是从医生肩膀的姿态中看出来的，她问医生，如果不信任别人的话还怎么治疗呢。医生严肃地说："您说得对，是我的问题。"

不过女人还是答应进行治疗，毕竟对于她观察的请求医生也没有说什么，这说明他还有些气度。

医生问她为什么不愿出门，她说："因为人都很刻薄，对身边的一切都指指点点。"医生说，你需要努力去忘记其他人会评判自己这一点，要不然就什么都做不了。女人说："我明白，但是我长得不好看，要忘记这一点更不容易。"

最后，满头白发的年轻医生做了两个预言。第一，总有一天她会发现自己和别人一样，也会对其他人指指点点，而且，由于闭门不出，她也会变得刻薄。第二，一年之内将会发生一件深刻改变她人生的事情，让她忘记所有这些问题。

两个预言都应验了，第二个预言首先应验，而且导致了另一个预言的实现。

有一天，女人正在打理菜园，她看见一个巨大的火球在天空中向上划出一条长长的抛物线。然后，火球走了一个之字形，在空中发生了两次爆炸，最后掉头向下，坠落在女人家旁边的一块田地上。

她向那边跑过去，发现一个正在冒烟的大洞。洞的周围是一圈土，她刚用手碰了一下就被烫到了。手的灼痛持续了一个月，却看不出有烧伤的痕迹。

她的父亲也听到了火球的呼啸和爆炸声,他认为这可能是路过的战机不小心丢下的炸弹。这时,他的侄子过来说这是颗陨石,他赶忙跑去给一个摩德纳的记者打电话,希望对方报道一下落在自己田地里的这颗陨石。

女人对着那个地上的洞看了很久,现在它已经不再冒烟,里面有一些碎石。她用一把铲子把碎石铲起,放进一个小塑料桶。

到了之后,记者问的第一件事就是:"有什么金属碎块吗?"于是女人把碎石拿给他看。记者说里面没有金属,也就是说,这是一颗无关紧要的陨石。因为落在地球上的石质陨石有很多,带金属的却很少,这一点很关键。

她父亲原本还指望着这颗陨石出名,记者的话让他万分失望,而女人在看到火球从天而降时则受到了很大震动,她希望医生的预言(第二个)能应验。

第二天早上,她发现碎石散落在地上,塑料桶已经融化了。碎石本身有放射性,只要稍微碰一下手就会发痒。女人把碎石放进了几个装果酱的玻璃罐子里,然后把罐子放在了仓库。

接下来发生了几件让她震惊的事。第一件是,这天她的侄子和他的一个表妹像往常那样跑去仓库里做爱(他们这个年纪的特殊需要),正在兴头上的时候,他们感觉腿上开始发痒,后来这种痒持续了整整两个星期。接着有一天,她看见有只猫正跳着往墙上撞，因为它的肩膀痒。再后来，有一只鸽子在仓库窗台上颤抖，最后有两只老鼠活活把自己的爪子咬了下来，因为它们曾经和玻璃罐子离得太近，爪子被感染了。

她几乎是不自觉地就上了车（她已经多年不开车），先是开向了雷韦雷，后来又去了奥斯蒂利亚，去寻找一些讲解陨石的书。这些陨石从遥远的外太空甚至遥远的星球而来，这一点让她十分着迷。她怀疑陨石的放射性已经渗透进自己的身体，把她带向一个让她有些害怕，但总的来说又让她十分兴奋的地方。她就这样想着这一切，甚至没有发觉自己已经出了家门，回到了人群中间，也不再在乎别人的指指点点以及他们的刻薄。

几个星期后，她乘火车来到白头发的年轻医生那里，告诉对方他的（第二个）预言应验了。她说自己的灵魂大概是被什么早就存在于世的东西所吸引，但她并不清楚那到底是什么。正因为如此，她也就不纠结于之前的那些问题。

医生对她的变化感到非常欣慰，并且向她建议说，如果想要完成治疗，就要再去买一些新衣服。按照他的说法，只要新衣穿上身，人就会感觉自己像是变了一个人，是她自己，又不再是她自己。

果然，穿上新衣服后，她突然变美了，她不再是原来的自己，而成了另一个女人。关于她变美这一点，很多人都给出了佐证，比如雷韦雷的男人们，从看到她的第一眼，就开始了对她的追求。

每到一个地方，她都像一个旁观者，看着身体里的另一个女人老练地交谈、打招呼、进商店、回答问题，就连卖弄起风情来也是从容不迫。她慢慢地明白，另一个女人也会对别人评头论足，只会说一些从别人那里听来的话，不过这些话从她嘴里说出来时，听起来完全像是她自己想出来的，所以她才能做到这么从容不迫。最后她发现，另一个女人无论说话做事都与其他人无异，其他人也和那个和自己长得一模一样的女人没有区别，那个女人就像是一个机器人。

不过，由于另一个女人在别人那里十分投缘，其他人也都觉得她魅力十足，女人并没有干涉她的言行。就这样，她的生活过得十分顺利。

女人写了一封信给医生，说他的第二个预言也成真了，她终于知道怎么才能和其他人一模一样（也可以说不是她，而是代替她的另一个女人）。为了感谢他的帮助，女人还专门为他写了一首诗。

医生说："这是一首奇怪的诗，开头有些难懂，到了最后才变得简单自然。正如她的人生一样，第一部分古怪难熬，但后来迎来了转机，而且会随着她年龄的增长变得越来越好，年少时混乱的人大多如此。"

这就是医生的第三个预言，后来也应验了。事情发生得很自然，一切都只是时间的功劳而已。

年轻医生已经爱上了她，因为她是个有魅力的女人。阳光明媚的一天，医生向女人求婚了。女人应允，因为最起码医生从一开始就表现得大度。

现在女人五十二岁，有一个女儿，生活一切顺利。她说，人变老后，就不再纠结于那个会为我们打理一切的机器人，它会在该说话的时候开口，该打招呼时打招呼，该笑的时候也不吝惜笑声。由于吸引我们的灵魂一直都是一些外在的存在，那么（如果那人不是傻子或变坏了的话）关于机器人代替我们应付他人时的话语和想法，我们也就学会了不再去相信。我们也就不再拿自己对于事物的判断当回事，甚至在自言自语中还学会了自嘲。就这样，随着自言自语越来越多，我们就变得更大度了。

麦地那·萨巴赫城

有一个摩德纳省米兰多拉的年轻人学的是工程。他进了一家电梯厂当工程师,马上就被派去非洲安装调试一座政府大楼的电梯设备。

走后的三年里他音讯全无。刚一回来,他就卖掉了父亲的农庄,建起了一个小工厂。但他从来都不愿提起自己在非洲的经历,甚至不想说自己到过哪些国家。

有一天,他突然决定结婚。新娘的父亲对他说:"我是你父亲的旧相识,我很高兴能把女儿嫁给你。可是如果你不把在非洲的经历说出来,我不会把女儿交给你。"

年轻人说他只会等到结婚那天才会说出自己的故事。于是在婚礼进行时,他说起了自己在非洲的经历。

当时他把需要安装的设备装了两辆卡车,沿着一条边境上的笔直公路开始一直往前走。和他一起的有一位约鲁巴[1]向导,负责向他解释一路上的所见所闻。

后来他们在一个村子的入口处停了下来,有音乐声从远处传来。他和约鲁巴向导以及两个沃洛夫[2]卡车司机一起朝音乐声走去。他们来到一条小路,随即被几个土著妇女拦了下来,他们应邀来到对方家里,还被用好吃好喝款待。

他们在那里一座大木屋的庭院里待了一个星期,其间有土著妇女们的服侍,不管白天晚上都能听到音乐的声音。他们睡完了吃,吃完了睡,一入夜就到城市的街上闲逛。他问约鲁巴向导:"我们这是在哪里?"向导只说了一句:"我们在麦地那·萨巴赫城。"之后就闭口不谈了。

街上到处都是又叫又唱的孩子们,向导说,他们唱的歌全是自己编出来的。向导还说:"你远远听到的是老祖母乐团,乐团由五十个演奏不同乐器的女人组成,指挥是一位九十岁高龄的老祖母。这些叫喊的孩子们每天都会编出新的歌谣,然后老祖母乐团就会用五十种乐器将歌谣演奏出来。甚至还有人来这里采风,把这些音乐传到世界各地。"

当他提出想要见见这个妇女乐团的成员时,却被告知没有办法。他可以坐在那座房子的庭院里不分昼夜地聆听音乐,尽情吃喝还不用花一分钱,但就是不能去亲眼看看老祖

---

1 西非主要民族之一。

2 西非民族。

母乐团。

一周后，他离开同伴们，自己一个人回到了大路上。到了那里他才发现，两辆卡车只剩下了驾驶室和空空如也的货舱，其余都被偷得一干二净。

到了首都他立马报了案，接着立刻被关进了监狱，因为那些要安装的设备属于政府所有，而他需要对此负责。

他在狱中待了一年多，还在里面和一个巴迪亚尔[1]来的说书人交了朋友，后者是因为拒绝被政府合作社夺去收成而被关起来的，他来到首都，本想面见合作社的领导，却被两个警察抓了起来。

说书人向他解释了像他这样的说书人和格里奥，也就是家谱讲述者的区别。

巴迪亚尔来的说书人信不过格里奥，因为他们是一帮为国家元首们伪造族谱的骗子，只要拿到钱，他们就能按照客户的意愿随意编造。伪造得越多，他们的权力就会越大。

而说书人是绝对不会随意捏造的，他们只会忠于故事本身。这样的问题绝对不能向说书人问起："你的故事是真的吗？真的确有此事吗？"因为这是极大的冒犯。他们只会重视故事本来的面貌，一点儿都不会掺假。

有一天，巴迪亚尔的说书人在监狱走廊里看见一个迪奥

---

[1] 塞内加尔地名。

拉[1]的格里奥，并马上看穿了对方的身份，因为他有一种能力，无论离多远，他都能认出对方是否是格里奥。他向那人喊："诶，格里奥，我看见你了！"接着那人便会灰溜溜地逃走躲起来。

关于麦地那·萨巴赫这座城市，说书人无所不知。他对年轻人说，那条路上经常有满载着米或花生的卡车经过，听到音乐，卡车司机就会忍不住停下来，循着乐声的召唤，他们一路向前走，直到被女人们接入家中。接下来的数日里，女人们为他们奉上棕榈酒、米饭和鱼享用。等到卡车司机们回到大路上时，他们的货物已经被一扫而空，卡车的发动机和轮胎也不翼而飞。

说书人还说，有一些卡车司机很清楚如果走进麦地那·萨巴赫城会遭遇什么，也知道货物和卡车会被偷，自己会进监狱，即便如此，他们也会一路追随音乐，去享受妇女们的侍奉，远远地聆听老祖母乐团的演奏。

还有一点也经过了说书人的证实，那些歌谣都是孩子们在街上玩耍时编出来的。不过和别的村庄不同，那里有这样一个五十个女人组成的乐团，她们将歌谣收集起来演奏，这样大家都可以不分昼夜地欣赏这些音乐。大型音乐公司的经理们也来到这里，把听到的音乐录下来，后来，一位著名歌

---

[1] 西非民族。

手将这些歌谣收进自己的专辑，据为了己有。

有几位歌手通过这种方式成了名，他们的权力大到甚至可以挑战政府。其中有一位歌手的权力比全世界任何一位摇滚明星都要大，他为自己建造了一座巨大的堡垒，警察也不得入内，在那里面，人们按照他的法律来生活，而他也可以处死任何人。

这就是歌谣的力量，它先是吸引了卡车司机，接着又传播到了世界各地。

新郎的故事讲完了，婚宴上的众人都不知道该说什么，全场鸦雀无声。第二天，一个朋友问他，为什么非得等到婚宴这天才将自己的经历公之于众，他回答说，自己受不了婚宴上的客套话，如果把故事留到婚宴上讲，他就能避开那些寒暄。

塞尔米代来的女孩

从前在塞尔米代境内的波河上，有一座浮桥通往一个工厂，工厂的砖头烟囱还没有被熏黑。一天，工厂宣布关门，一个厂领导莫名其妙地人间蒸发了。他有个女儿，就在失踪前，他将名下的一处大别墅以及其他土地财产的收入全都转到了女儿名下。又过了几年，他的妻子去世后，女儿就搬到了一座大城市去完成大学学业。在那里，女孩遇到了一位直发男生，两个人开始同居。

和他们一起住的还有一个瘦瘦的男学生。直发男生每天到各处发表政治演说，酒吧里、大学里、工厂门前都留下了他的足迹。塞尔米代来的女孩成日不事学业，她觉得自己从直发男生的演说里获益更多，于是她要么追随他到处听演说，要么在家睡觉等他回来。

后来有那么一段时间，外面已经没人想听政治演说了，可男生依然不依不饶，很多人告诉他，要么闭嘴，要么就换个地方说。

他和塞尔米代的女孩决定找个更符合他们理念的地方，于是就来到了首都。由于找不到住处，他们只能在男孩的一个同乡家中借住。

后来，男孩结识了一位写过不少电影的编剧，再加上有他父亲的一些位高权重的旧相识襄助，他开始在电影界混迹。他先是搞定了一部剧本，父亲的旧相识又许诺了一笔政府资金，于是男孩开始筹划拍电影。

电影的成本应该很低，主人公是两个终日讨论政治的人。

一家银行答应给他贷款，抵押物是塞尔米代女孩名下的别墅，就这样，男孩的电影开拍了。

拍摄进行到第六天时，钱花光了。银行勉强放了第二笔贷款，但是仅仅够支付技术人员的遣散费。之后有一天晚上，租赁来的拍摄设备不翼而飞，第二天，父亲的旧相识们告诉他说政府拨款被冻结了。

不过作为补偿，他们提出让男孩去拍一部关于意大利南部欠发达地区的纪录片。

两个小年轻去了那个欠发达地区实地考察，却意外发现了一位不知名的手工艺人。回到首都，两人决定开一家小店，专门出售这位不知名手工艺人的作品，他们买回了一批样品，有陶土做的哨子、小雕像、焰火、木碗和木勺。

两人带来的样品塞满了男孩同乡家的整条走廊，堵塞了出入的通道，男孩的同乡只得请两位另觅住处，并尽快把这堆东西带走。

就在满城找房期间，直发男孩找到了一间年久失修的豪华公寓，租金十分便宜。

他建议塞尔米代女孩卖掉名下的别墅，买下这间公寓再转手卖掉，可以大赚一笔。然而就在这时，女孩财产的管理人告诉她，她名下的财产需要马上卖掉，这些年累积的抵押款该还了。女孩马上回到了塞尔米代。

一个人留在首都期间，男孩结识了一位痴迷摇滚乐的美国年轻贵妇。他向对方提出，可以由贵妇出资，邀请一批最著名的摇滚歌手去办一系列演唱会，地点就在他去过的那些贫困地区的小村子。贵妇对这个点子十分中意，男生回到了北方的那座大城市，联系那些在唱片公司工作的朋友们。

他在那里待了三天。第一天，他约见了刚从普罗旺斯回来的某个人，对方说了一通普罗旺斯羊毛的事情。两人约定马上成立一家公司，专门进口普罗旺斯羊毛。

第二天，他遇见了一位过去的政治伙伴，对方邀请他拍摄一部关于俾路支的纪录片，他毫不犹豫就答应了，还约好了出发的时间。

第三天，他遇见了之前一起合住过的瘦男生，对方向他透露其实自己有好几百万里拉。

前一年的夏天，瘦男生在高速公路上的收费站打工。一辆卡车撞进了收费站，瘦男生全身骨折，在医院里躺了好几个月，后来他就收到了一份好几百万里拉的保险赔偿。

直发男生马上向他的朋友提出可以在一星期内将这笔钱翻倍，他说了自己的想法，对方马上答应了下来。第二天，二人动身去了荷兰，他们的想法是在当地买一台二手外国汽车，运到意大利倒卖掉，这样就能狠狠挣上一笔。

他们在荷兰买了一辆旧捷豹，但就在回程的途中，发动机抛锚了。他们在德国等了一星期发动机才修好。维修发动机和路上的食宿又花了他们好几百万，回到意大利的第二天早晨他们就被警察逮捕了，罪名是走私汽车。

被指控的瘦男生只能交九百万罚款了事，就这样，在短短的十二天内，他赔掉了全部身家，而这一切都是从他在路上偶遇直发男生开始的。

与此同时，塞尔米代女孩卖掉了自己的别墅，从此身无分文，她还有一票债主，银行、编剧，以及那些失窃拍摄设备的租赁公司。

她用卖掉别墅的钱买下了那个豪华公寓，并进行了翻修，然后她成功地高价卖掉了公寓，用换到的钱还清了所有债务。

又是一年夏天。直发男生和年轻的美国贵妇一起去了意大利南部,料理演唱会的准备事宜,此时两人已经成了恋人。

而塞尔米代女孩的夏天是在那个公寓里度过的,她边读小说,边啃苹果和面包度日,身边满是倒塌的房梁、乱七八糟的地板、发霉的墙壁以及残破的窗户。

初秋时分,她收到了一份电报,在人间蒸发数年后,父亲终于回来了。回乡途中,她看见了已经烧过荒的田地和被第一场秋霜覆盖的平原。她再次拥抱了父亲,并向他讲述了其间发生的故事。听罢,她父亲悲伤地说:"愿上帝宽恕你们的无知。"

一个木匠和一个隐士的故事

从前有个人住在费拉拉省的菲卡罗洛，是个木匠。一天晚上，他骑着自行车回家，来到小镇广场，正慢悠悠骑着车的他被一辆外乡人的汽车撞倒了。由于车上还有另外两个人，而且没有其他人目击到这场事故，警察也就很轻易地推断出，是骑车人突然闯到汽车面前的。

木匠在医院里躺了几个星期，出院后找了一位律师帮自己打官司。律师建议他与对方和解，因为仅凭他的证词很可能赢不了官司。至于木匠，他一来完全不明白律师的担忧所在，二来也坚持想讨一个公道，就在开庭的前一天，他解雇了律师，决定一个人参加庭审。

当天他自己一个人出现在了法庭上，他说自己是占理的一方，获得赔偿理所应当，因此完全不需要律师。

多次程序性反对之后，法庭为他委派了一名公派律师，汽车上的两位乘客才终于被召进法庭。听罢两位目击证人的证词，木匠发觉他们嘴里没有一句实话，他无比错愕，甚至不想跟自己的辩护律师说话。最后，法官催促他举证，他表示自己没什么可说的，就这样吧。

最后他被判处有罪，需要赔偿事故造成的损失，庭审的费用也要由他来出。

几天后，他把做木工的所有家什卖给了自己的帮工，后者早就想自立门户，同时卖掉的还有他的店铺和营业执照。回到家后，他在厨房的凳子上呆坐了整整一星期，不管妻子问什么他都只有一句话：我发烧了，说不了话。

接着他又在酒吧里坐了一星期，看着广场上来来往往的人群。一天晚上，他没有回家，而是出了村子，徒步朝着波河的河堤走去。走了很久，清晨时分，他来到一个小屋，那里住了一位隐居的打鱼人。

这位隐士原来是个赛车冠军，退役后，他开了一间汽车作坊，专门为跑车改装发动机。不过之后他厌倦了这份工作，又看了几本心理学书籍，随即决定做一个打鱼的隐士，隐居在波河边上的一个小屋里。

隐士的小屋是用废旧钢板和其他废弃金属搭建起来的，门上有一块牌子，上面写着"米其林轮胎"。

木匠知道，隐士之所以在小木屋隐居，就是因为不想再和任何人说话。所以从一开始，他就没跟隐士说过一句话，只是坐下来看着流淌的波河。

当时正值夏天,有那么一个月的时间,两人一同外出打鱼,一同睡在小木屋里,谁也不说话。

一天早晨,木匠醒来,发现隐士不在,对方去了老星桥下,想要自溺。

那天木匠远远地目睹了隐士被救上来的全过程。其实隐士的水性很好,他就这样裹在被子里被妻子塞进了一辆巨大的跑车里带走了,他的隐士生涯就此告终。

木匠回到家,他央求原来的帮工收自己在自家的老铺子里帮忙。事情就是这样。木匠现在还活着,而且再过不久就要退休了。

穿越平原

七十多年前,大约一九一〇年,我母亲跟随她的父母兄弟,带着大小家具,坐着一辆小推车穿越了平原。她穿越的地方当时应该还是一片泽国,很多地方甚至都不存在。除了沼泽,这一路上她或许还会碰上些沤麻池或者稻田。当时的道路应该比乡间小道稍微宽一些,两边多是榆树和桑树,那时候杨树大概是不多的,尽是栎树的天下。

他们可能走了一天一夜,或者更久。我的外公外婆是裁缝,他们有五个孩子,三男两女,我母亲当时大概七八岁的样子。

到达城门之前,他们应该穿过了一个漂亮的广场,看见了教堂和钟楼,以及运河上的桥。

桥的另一边是城墙和城门,和其他城市一样,这里的城门到了傍晚就会关闭,我猜应该是这样。税官们会在这里检查来往行人的货物。或许税官们在这里让他们全都下车了，检查家具中有没有夹带非法的货物。

放他们进城前，税官们说："你们为什么来这里？在乡下多好，舒服自在。你们不知道城里空气不好吗，还到处都吵吵嚷嚷的，太阳永远都不从地平线上落下。"

关于这次旅途他们只同我讲过这一个细节。这件事我母亲的姐姐对我前后讲过三次，每次都会用方言模仿税官们的话，当时的场景她现在仍记忆犹新。

除此之外，她还记得那天晚上以及后来的很多个晚上，我母亲的三个兄弟都紧紧地盯着海之门那边，他们想要看看太阳到底能不能从那里落下。

三个人的面前应该是一条又长又宽的路，路两边是鹅卵石小路和低矮的房屋。房屋的窗户和道路平齐，都装了用熟铁打造的窗棂，样式各不相同。另外，每一家的大门也不一样，小房子也不例外，门的中间或两侧有一个叫门用的拉环或者把手。

他们面前的路应该都很暗淡，没有我们熟悉的那些颜色，大概有些类似赭色和深棕，房屋的墙灰是锡耶纳陶土色，而鹅卵石小路的灰白一直延伸到大路上。

快要入夜时，他们可能会看见坐在自家门口的人。当时应该没有什么喧嚣吵嚷的声音，因为住在那条街上的都是些严谨的手艺人，不会高声喧哗，就像我母亲家的人一样。我想,他们应该还都穿着宽大不合身的衣服,街上还有三五成群的行人,孩子们在黑暗中游荡着。

漏斗形的大路尽头同时也是视野的尽头,那里是围墙和那个叫作海之门的城门。人们永远都看不见太阳从那里的地平线上消失。

经过那次旅途,我母亲就病了,她整夜整夜地颤抖流汗,掉头发,整个人都变黑了。她被带去医院治疗,医生给她吃了开菲尔,那是一种酸奶,当时的人用它为病人解毒。

三兄弟都找到了工作,一个在鞋匠店里帮工,另两个做了木匠的学徒,不过那之后不久,做木匠学徒的兄弟之一就另立门户做起了木地板。

有一次我的阿姨就讲到了这里:我的母亲出了院,她的兄弟们也终于走遍了城里的各个角落,最后他们终于带她看到了日落,不是在东边的海之门,而是在西边,正对面的地方。

一位著名的城市占领者

一九二二年五月的一个晚上，数以千计的农业季节工从科迪戈罗、马萨菲斯卡利亚、米利亚里诺、戈罗、加里波第港等地动身，登上了由马匹在岸边牵引的大船。拂晓时分，另一支工人大军从其他众多村子出发，他们或步行，或骑车，或乘马车，不约而同地朝着费拉拉方向前进。到了早上，那些乘船的人在阿吉内·杜卡莱的码头下船，和其他人汇合完毕一起进了城。

这群人的头儿是个年轻人，个子不高，小胡子和头发在他的头上构成了两个三角形。他原来是个学生，毕业后就去参军打仗了，直到现在军鞋和军裤还穿在身上。他穿的是那种蓬蓬裤，腰带上有一条丝带，脖子上打着蝴蝶结，说话时总会打着夸张的手势。

按照当时的规定，地主必须雇用一定数量的失业人员做农业季节工,每三十亩地就需要雇六个人。从四月份开始,这些季节工又会闲下来,直到夏天结束。为了让他们有活干,政府一般会把当地的一些公共工程分给他们做。但是这一年没有分配任何工程,所以他们想要占领城市,迫使政府为工程拨款。

那天穿着军装的年轻人正带领失业者们在城里游行。他做了好几次演说,还逼省长去给部长打电话,要求立即启动公共工程。最后他得偿所愿,并因此在街上获得了来自人群的鼓掌欢呼。

一周后,他回到家里,住进了学生时代住过的房间,面对报纸上对自己成就的认可以及来自各位上司的祝贺,他满心欢喜。

对于如今的他而言,占领一座城市已经是小事一桩了。只消发布一个命令,他的想法就能自动传达给其他人,接着成千上万的人就做好了行动的准备。

他的命令是写在便条上的,字体很大,一般会顶着纸片的边缘写。每一条命令都很详细(注明了时间、会合地点、进发方向等),还会另外附上一些纪律要求,最后以鼓舞士气的话收尾,很多时候还会在字里行间威胁一下那些没有完成工作的人。他的签名只有一笔,透露出他的匆忙。

便条会交给某个骑自行车的人,收信人必须马上以书面形式回复,要么还是交给骑车人,要么用其他方式。周边都是些很平的田地，每个地方相距也都不远。只有在紧急情况下他们才会用汽车送信。

至于和上级沟通的方式，他会写那种长达好几页的信，组织里的成员负责坐火车送信。他在信中经常跑题，总使用将来时，到处都是词汇的最高级和感叹号。而上司们的回信是打字机打的，风格也更简洁。

在信里他经常向上级提到一些向无人控制的地区渗透的新方法，另外，给下属写便条时，他也经常提到这些方法来鼓舞士气。按照他的命令，这些句子被张贴在组织在当地的分支机构里。有几家银行里一直张贴着他的一句话，显得非常神秘。

上级把一大片地区交给他管理。地区负责人们直接听命于他，他们的下面又有地方领导，地方领导的下面是小组负责人，每个小组都有千人之众。

就这样，他在很短的时间内就占领了B城，随即又占领了R城，在这之前，R城的一伙人把他组织里的一名脚夫殴打致死。

一天早晨，一名长发年轻人站在一辆敞篷车里来到R城，他是来寻仇的。他请求宪兵来到脚夫的葬礼现场，防止双方发生冲突。正是通过这条妙计，他把城里的公共武装全部引开了，悄无声息地占领了城里的一个大饭店，那里正是敌对派别的大本营所在。他的死敌是个形似商贩的壮汉，那人在两排武装人员的注视下流着泪离开了饭店。

入夜后,他一边劝省政府和宪兵去调停一桩公开械斗,一边命令手下放火烧毁了农业合作社的总部,那是他的另一个对手。回酒店的路上,他注视着火苗在黑暗中升腾起来,自己的手下一派"斗志昂扬"的样子。

翌日,他从警察局借来了一些卡车,他的理由是,想要在发生更大规模冲突之前将自己的人带出城。开着这些卡车,他横扫了乡下的地盘,先是把很多合作社和政治团体的驻地付之一炬,接着又来到了很多政治对手的家中,把对方揪出来,用棍棒一顿痛打。

忙活完一整天,晚上他来到乡下的空地里留宿,愉悦地看起了星星。

第二个星期,他带着自己的部队来到P城脚下,想要占领河对岸的地区,那里的人们事先竖起了路障。有一个年轻人停了下来,远眺着这座想要占领的城市,他身披战时军人穿的斗篷,脚上穿着指挥官的军靴,而不是士兵们的布鞋。

省长尤力阻挡他们的入侵,他和他的部队就这样骑着自行车进了老城,开始镇压胆敢反抗的人们。

他成功地过桥占领了河对岸的地方吗?不,他没能得手,在王室部队面前,他遗憾地停下了脚步,他向一名将军立正,同时向对方承诺,自己将尽快恢复局势。

在离开城市前,他在城里的大街小巷都张贴了公告,他声称自己的人是为了保卫历史价值而战。很多电车上下来的人和骑车路过的人连停都没停下来，只是扫了一眼那些公告，因为，虽然当时只是初春时节，却已经开始下雨了。

十月初，一名身穿指挥官肩章制服的年轻人藏匿在P城周边，躲避警察的追捕。当时，他正在筹划占领并控制河对岸的地区，那里的局势仍没有得到平息。他一边向手下的官员们下令，一边给上级送信；按照计划，他的部队将突破河对岸的几个点，疏散妇女儿童，拘捕所有叛乱分子，然后把很多房子付之一炬。

河对岸有一个工会首领，他就像个冒险小说里的主人公，也穿着蓬蓬裤，腰间系着带丝带的腰带。指挥官模样的年轻人已经迫不及待，想要会他一会。

他有这个机会吗？没有，因为上级的一封信把他调走了。整个组织都为了一个更重要的目标开拔离开，第二年，年轻人结束了对城市的占领回到家中，因为此时组织已经实现了全面彻底的胜利。

后来，他伪造了那一年的战斗日记，以便后世的学者们来讲述伟大的城市占领者们的故事以及他们在历史上的伟大作为。

我们就先让这个年轻人安心写自己的日记吧。他很健康，胃口也好，晚上从来不失眠，还能在日记里加入一些自创的理论。

等待安葬他的家族墓地位于费拉拉城的公墓，那是一个带有灰色纹理的大理石石棺，放在一间小教堂里，上面用金属镶嵌着他家族的名字。小教堂的周围长了一圈黄杨，在左侧的一角，两条公墓的鹅卵石小路在这里交汇。在小路和黄杨树之间的空地上，近来冒出了一株奇怪的野生植物，有些人称之为蒜草，这是一种一经摩擦就会散发出蒜味的植物。

天然的生活是怎样的

这是一个发生在费拉拉省阿真塔附近的故事。

有一个农人的儿子想读医科当医生。他在城里一个寡妇家里租了一个小房间,经常跟寡妇的智障儿子聊天,讲自己的人生哲学。

他的哲学是这样的,如果一个人不够天然,不做那些动物做的天然的事,那就还不如饮弹自尽来得痛快。他不喜欢那些满嘴客套话的人,觉得他们不是天然人,而化学就很合他的心意,因为足够天然。

他父亲的果园出产梨子和苹果,不过当时市场上的梨和苹果泛滥,靠果园已经挣不到什么钱了。

农人的儿子觉得父亲和其他农民一样虚伪,而农人有些惧怕上大学的儿子。所以两人之间几乎无话,只是偶尔会爆发嘶吼和争吵。

儿子说农人什么都不懂，连自己的生意都不会做。为了示范给父亲看，有一次，他把当年几乎毁于冰雹的水果收成全都亲自卖掉了。

农人的儿子买了一辆车，踏上了收账之旅，他先是来到之前合作过的批发商那里。他还拉上了其他几个人，一个做水利官员（他负责监测一个运河港口的水位）的朋友、寡妇的智障儿子以及寡妇的另一个儿子，后者刚刚成为会计师。

在旅途中，四个人经常停下来吃吃喝喝，农人的儿子总是抢着付账，因为他的哲学是，一人有钱就该大家花。他们一边旅行一边讨论，在这个哲学的基础上又发展出了很多观点，其中话最多的当属那位水利官员，他三句话不离耶稣基督。

他们走了很远的路，最后来到了很南的地方，到最后也没找到批发商，后者由于欠下了巨额债务跑路了。

那个冬天，他们在荒凉的海岸线上寻找了数日，费用照旧由农人的儿子来出。终于，他们在一家偏僻的旅店里找到了那个批发商。

他完全赞同四个人的哲学，有几天他也和几个人一起吃吃喝喝，费用还是由农人的儿子负担，后者还免除了他的欠款，因为农人的儿子了解到，当初卖给他的水果都被冰雹毁了，卖都卖不掉。

临别时，几个人已经成了好朋友。为了帮助批发商，农人的儿子还借给他一笔钱，用父亲的银行账户开了一张支票。

儿子回到家，父亲告诉他，他俩完了。

像往常一样，农人的儿子又一次没有通过医学考试，他决定放弃学业，转而去改造父亲的果园。父亲大病了一场，之后再也没有说过话，他独自住在一间小屋里，什么事情都不愿再过问。

由于梨子和苹果不挣钱，他把原来的果树都砍掉了，原地种起了桃树和杏树。农人的儿子在果园里忙活了一阵子，但是没过多久未婚妻怀孕了，他就丢下一切，消失了一段时间。

他回到城里租住的寡妇家的房间，还对寡妇的智障儿子说自己不会结婚。这首先是因为，教士们是他的眼中钉肉中刺；其次，在他看来，在所有不天然的事情中间，结婚是最不天然的那件。

与此同时，被废弃的果园里什么都没长出来，他不得不回到家乡找工作。在此期间，有一群专家来到那一带，想要收集物件放到农业博物馆里展览。农人的儿子和这群人聊了很多，因为在他眼里，博物馆也不怎么天然。

即便如此，他还是把父亲的很多老农具送给了对方。他还带专家们参观了父亲住的那个小房间，老人睡的是张铁床，用的是玉米叶填充的床垫和一个农村的老式暖炉。专家们对这些物件表现出了极大的兴趣，农人的儿子索性就把这些东西也全数送给他们，专家们高兴地满载而归。

这时，骑自行车出去转了一圈的父亲回来了，却发现自己的床不翼而飞。老人什么也没说，把一张行军床搬到了旧鸡舍里。他用一根铁棍把自己反锁起来，再也没出来过。

隔壁村子新近成立了一个建筑合作社，兼做房产中介生意。农人的儿子被招进去，由于能言善辩，他马上就受到了重用。他租下了之前荒废的果园，后来甚至被选为合作社的主席。

那段时间里的一个周日，和水利官员一起钓鱼时，他俩终于明白了什么才是天然的生活：两眼一闭，两耳不闻窗外事，因为一切都是虚妄和欺骗。很快，他和合作社里的房产中介们起了冲突，他先是辞去了主席的职务，然后被解雇了。

他变卖了农庄里的一切，只留下旧水果仓库和鸡舍，因为他父亲还住在里面。带着换来的钱，他和妻子（他后来和未婚妻结婚了）在旁边的城市开了一家服装店，专卖年轻人的衣服。

在剩下的那间仓库里，他垒了一个炉子，用来烧制陶瓷制品。一位美术学院的教授给了他一些过去当地公爵们使用过的瓷器图样，那些杯盘碗碟上画着一些奇怪的动物，看上去是亚洲或者波斯风格。

他和水利官员商量了一下，然后决定复制那些旧餐具，他的目标是将它们出口到全世界。

他生产了一批数量不菲的杯子和盘子，不仅模仿了图中不完美的形状，就连图案、颜色以及附着在图纸上的斑点也完美复制，但就在这时候他才发现，根本没有人对这些餐具感兴趣。顶多有一些行家会买那么个把盘子或杯子，可世界上的行家总共能有多少呢？

他的儿子长大了。他靠着妻子服装店挣的钱生活，并且开始把已经花白的头发染黑。

他经常说起那些餐具上的波斯图案。这些图案让他产生了无尽的疑惑，例如：当时的伯爵们是在哪个时间段里用这些餐具的？用来装什么食物和液体？制作它们的匠人是谁？在制作时匠人们的周围有什么？这些波斯图案到底讲了哪些古老的故事？

这些餐具的背后是一条线索，联结着不知多少过往的人和事。他感到很奇怪，其他人竟然对此视而不见，而只看得到一个物件。

我叔叔发现了外国语言的存在

我爷爷是个瘦小的男人,他的身高与出生日期都和意大利国王维托里奥·埃马努埃莱三世一模一样。按照他的身高,我爷爷本不用服兵役,但为了让意大利未来的国王能顺利入伍,那年服兵役的身高标准被降低了。就这样,我爷爷也被招进了部队。

他是个泥瓦匠,儿子们也跟着他做了这一行,只有我父亲例外,他会去周边村子的节庆宴会上弹吉他拉手风琴。我爷爷为很多有钱人家做泥瓦活,其中就包括之前我提到的占领城市的那个人。

无论是在家里还是在外干活,他都专制得像个国王。当儿子们需要去服兵役时,他想让他们都选择做宪兵,因为宪兵的服役期虽然更长,但是有工资可拿,也就不算浪费了时间。

对于他以及做泥瓦匠的儿子们来说，节假日都是不存在的，所有周日他们也照常工作。就连宗教也不算什么，他们只会出席洗礼、婚礼和葬礼这些必需的场合。我爷爷不仅不看报纸，而且还认为报纸上的内容无足轻重，都是些童话一样浪费时间的东西。

早年间，做泥瓦匠的其中一个儿子和他吵了一架，随后就负气出走，去到国外工作。他在法国待了几年，据他自己说，在那几年里他都没意识到当地人说的是法语。

我爷爷和他的儿子们说着一种我们当地的方言，但是只要一出去，过了波河，当地的方言就不一样了。当我叔叔离开家来到热那亚附近工作时，他发现当地人说着一种和自己完全不同的方言。后来，他每到一地都会发现一种不同的方言，芒通、尼斯、第戎，无不如此。但是他从没遇到过交流的问题，方言不同也就没什么所谓了。

在第戎，他住在郊区，附近有很多意大利人。后来他在那里结了婚，接着就学会了一些日常的法语，以便和妻子以及其他人交流，此时，法语对他来说也只不过是一种方言而已。

其实（这是我叔叔说的），和一个法国人还是一个里维拉的农民交谈又有什么区别呢？两种情况下双方都不太能听懂对方的话，但又都能理解。

后来他儿子出生了。两年后他回到了意大利工作，把妻子留在了第戎。

又过了两年,他才重返法国。这时他才发现,儿子说的话和自己不一样,完全就是一门外语,他的脑海中浮现出了一片浓雾笼罩无法穿越的大海,海的对面有个人在跟你说着些什么,但是你无法到达他那里,也表达不清自己的意思,因为你的嘴巴发不出该发的音节,每说一句都是错,就像身处浓雾中的深海,而其他人却能互相听懂,一副很开心的样子。

我叔叔就这样发现了外国语言的存在,他是我们家里的第一人。

听着自己这么小的儿子说着像天外来客一般、和我爷爷的方言如此不同的法语,他这辈子都从未如此吃惊过,如同大梦初醒,哭了起来。

旅人回归

乘着清晨时分开往波莱塞拉的火车，我踏上了寻访母亲出生地的路，虽然我其实不知道该去哪里。我只知道那个村子的大概位置，因为任何地图上都找不到它的名字。我指望着能在路上买到一份更大比例尺的地图，好确定它的确切位置。

在费拉拉上火车前，我看见一个站着瞌睡的家伙，每当有人进站时他才勉强睁开眼睛，紧接着又闭上，头也一落一抬的。后来在波莱塞拉下车，我发现身边也都是些蹒跚的人，他们和我一样，一大早就起来赶火车，现在好像置身于一个不认识的地方，他们出家门时还是半梦半醒的状态，仅凭着长期形成的肌肉记忆来到那里，准备去往各种地方。车站酒吧里，男人们的咳嗽声此起彼伏，这表示他们一天中的第一支烟已经点燃了。

当我问起波莱塞拉的市中心在哪里时，一群坐在站外长凳上的半大孩子讥笑着说那里就是。他们留着长发，穿着牛仔外套，在早晨八点一边嬉闹一边往嘴里送着爆米花。

城市中心由两条路构成，两条路被一条没有绿植的花坛分开。路两边是一些不太高的房子，外立面没什么装饰，典型的战后风格。那里的感觉真像是战后一样，似乎有一场无人愿意谈起的灾难刚刚结束。一整条街上都是些服务日常生活所需的店铺，卖家电的、烟草店、房屋中介、药店、女装店，路尽头有一个没有屋顶的灰色盒子样的建筑，那是家电影院，名字就只是"电影院"而已，当时正有一部色情片上映。

后来，为了找地图，我又去了市里的另一个地方。那里有一个无人问津的旋转木马，几辆用塑料布盖着的碰碰车，周遭的一切都用沥青铺满了，似乎人们想要忘记地面原本是什么样子。

我从波莱塞拉上了一辆巴士车，在去往瓜达威尼塔的路上，我害怕开口说话，也害怕听见自己的声音，和出国的时候一模一样。我也不去看其他乘客，以免他们会跟我搭话。

巴士经过了克雷斯皮诺和维拉诺瓦，在一些地图上这两地被标记为科尔博拉和帕波泽。路两边的草地基本上都是秃的，有一些灰山羊在吃草，之后就进了一条隧道。出了隧道，路两边出现了一些带烟囱的老房子，烟囱是锥形的，到二楼就变细了，烟囱尖呈塔状，笔直地刺向天空。

一辆辆大卡车来来往往，当时正在下雨，光线很昏暗，周遭的一切都很难看清楚。在一间长长的农舍前，巴士停下来。那是个墙皮脱落，满墙甚至窗户上都长满了藤蔓的破败所在。门口站了一个女人，她正在脸盆里洗头。后来她发现我在看她，马上伸直了脖子，但是头还是向脸盆里倾斜着。我本想下车和她说两句话，因为我很想知道那样一个地方的人会说些什么。再后来，一个转弯处的路牌上写着阿德里亚。

在阿德里亚的第一个下午，我进了一间酒吧，里面贴满了足球彩票的中奖结果，摆在高处的一台电视机俯瞰全场，传出的声音应和着吧台前男人们用方言聊天的动静。男人们在谈论一次事故，说是有人吃了亏，他们在商量要不要把大家召集起来，带上家伙。有人说这挺危险，因为"他们从来不看任何人的脸色"。到最后我也没听懂他们在说什么。酒吧门口，一些青少年在雨棚下坐着，他们注视着地上的沥青以及没什么车辆的公路。出门后，很长时间里我只能听到电视里传出的西部片的声音。

我找到了一家旅馆，那是个没有任何外部装饰、只是外墙涂成鲜红色的二层建筑，墙上写着"拉古那旅馆"。我来到一家文具店里找地图，那里有个神态慵懒的年轻女人，她语速很慢，每说一句话之前好像都要思考一番。她说："这里东西不多，"然后又说，"阿德里亚这里挺偏的，"又说，"您看过之后会同意我的说法。"

那座城市有两三条主干道，路边满是现代的店铺和酒吧，路上都是摩托车，另外还有些不好找的路，两边都是漂亮的老别墅。转过身，我看见一座巨大的电视塔，比其他任何建筑都要高。我又去了另一家商店，那里也没人知道我要去的地方，就好像那些地名从人们的大脑里和地图上完全消失了。

回到旅馆，我读起了一本马尔科姆·劳瑞的小说。吃过晚饭，我又看了一部斯图尔特·格兰杰和德博拉·克尔主演的电影。

从阿德里亚出来，周遭的视野马上变得一望无际。一条高速公路盘桓着上了一个坡，然后汇入了另一条四车道的高速公路，那个早晨，路上全是在雨中飞驰的卡车和小轿车。从高处向下看去，灰色的草坪被运河分割成一块块的，有很多带尖顶烟囱的房子，其中不少已经被废弃，屋顶残破不堪，门和窗户用砖封住。

自从出了阿德里亚，路边就一直是运河，雨水不断地拍打在静止的水面上。另外，我还能看到一些农房、麦田、骑车穿行在小巷子里的人、运河上的铁桥以及桥边上在伞下钓鱼的人。

就要过波河时，我身边的地面陷了下去，一直到远处的地平线。河边竖了一块路牌，上面画着附近道路的示意图，在上面我看到了两个地名：切割波河处[1]、托莱港。

公共汽车上的乘客们都有着同一张麻木的面孔，看上去已经很久都没说过玩笑话，没有嬉闹过，没有说过一些非生活必需的话语，就和他们沉闷的声音如出一辙。由于路面坑洼不平，汽车一路上都在颠簸。

我莫名其妙地就下了车，也不知道是在哪里，幸好此时雨已经停住。在通往切割波河处的直路两旁，从天上射下的光柱照射着田野，一眼望不到边。

天际线又远又低，且被一层疑似雨雾的光晕笼罩，视野所及之处尽是些柏树和柳树。沟壑里长满了酸模草。散布在田野里的都是些屋顶有窟窿的房子，而路边则是现代房屋。地里的小麦已经一片金黄，玉米还是青绿色。

天下起雨来，野地里连一个活物都没有。我好不容易才在一个小广场上发现一辆车，在决定载我之前司机犹豫了许久，用打量的眼神看了我很长时间。在汽车的仪表盘上放了一张小女孩的照片，一只挂在后视镜上的斑点狗玩偶随着汽车的前进抖动着。

和司机我一句话都没说；下车后，透过一座堡垒的墙壁，我看到一长排战后修建的房子，其中有服装店、体育器

---

1 又译波河畔塔廖。

材商店、电器商店，以及很多酒吧。小镇的另一边是一片荒地，一片废墟，视野的尽头都是石子和沼泽。这里就像个前方哨所，有一群狗正在垃圾堆里翻找。

我刚要准备过马路，所有的司机齐刷刷地按起了喇叭。我敢保证，这些人并不需要去任何地方，他们只是编造了些可悲的借口漫无目的地闲逛，因为停下来让他们感到恐惧。我在一个路口对他们进行了观察，他们在雨中按着喇叭，只为了不让自己停下来。

这个小镇名叫切割波河处，是因为这里的人们在过去让波河改过道。爬上河堤我四下里看去，很难想象世界上还存在这样一个地方，和我知道的任何地方都不一样；河堤上竖着一块牌子，上面写着：禁止流浪者停留。再往前是一片各种垃圾散布的草地：空易拉罐、旧行李箱的残骸，还有一只暖气片。河堤下面有一些原来渔人的矮房子和一片间杂着灰色厂房的野地，一个人都看不见。

我躲到波河上的一座桥底下，那座水泥桥有八九根柱子，桥下有一根蓝色的天然气管道贯穿。现在雨大起来了，有一群鸟儿几乎是贴着河堤的地面在飞行。

下午四五点的样子，我过了桥，朝着皮阿诺方向走去，那里的路又直又宽，中间稍有起伏。昏暗的天空几乎和低矮的地平线融为一体，经过的卡车将地面上的积水不断撩到路边。我在车站的雨棚下打听了接下来要走的路，一个加油站工人不耐烦地做着手势，就好像自己见不得其他人的脸。

我放弃了车多的那条路，朝波河主河道的河边走去，那里的小路旁有一些房子，房子自带用芦苇围起来的菜园。在一间房子里，有个男人手里拿着帽子在看电视，突然他叫了个女人的名字，然后就朝窗户这边看过来，但是没看见我。两只金龟子和一排蚂蚁在碎砖块和碎石膏的地面上爬行。

快六点时，天色又暗了些，我走上了一条不知通往何处的大路。地图上显示，这里是四十五度纬线经过的地方，也就是说，我正位于北极和赤道的正中间。

由于戴了帽子，走路时我看不到两边。我也没办法拦车，每辆车都在刚刚升起的雾气中疾驰而去。

第二天早晨，我在格罗打听到了我要去的地方的确切信息，我是在前一天晚上被一辆车带到那里的。他们说我完全走错了路，当地有一条老铁路，从博洛尼亚到波尔托马焦雷只要三个小时，开车的话从费拉拉到那里只要一小时就够了。

那天是周日，天空已经放晴，车也好拦了不少。我拦到一辆车，来到奥斯泰拉托，然后又拦了一辆去往波尔托马焦雷方向。

我在一个岔路口下了车，下车时司机对我说：现在猛兽要去捕猎了。我以为他在说我，其实他说的是他自己。

在多加托，我找到一个遛狗的人，问他是否知道我要找的地方。他很热情，但对于那个地方一无所知。他陪我走了一段，说了些有的没的。然后我们来到一间报刊亭，那里除了报纸还有一整排的色情杂志，他在那里请我吃了意大利面。我们聊了天气，还说到过去那里是海岸，而波尔托马焦雷曾经是个大港口。

这一带的田野丰饶了不少，到处都是果园。天际线也不再像昨天那样光秃可怖，远处花团锦簇的果园看上去如同真的森林那样，在天边留下了一抹粉黛。

从奥斯泰拉托方向过来的大路有着长长的弯道，路两边种的都是法国梧桐。在周围我还看见了洋槐树，运河上渔夫们的长相看上去很像我的同胞。一片田野上方，一群海鸥在绕着什么飞行，我听见了它们的鸣叫。

我沿着那条路一直走到另一个岔路口。右边是一条窄路，下方的地面上倒着一块很小的牌子，上面写着桑达罗。那正是我母亲的出生地。

我找了一块石桩坐下，试想着小镇的模样。在视线尽头处我看见一个教堂的钟楼，金属尖顶在阳光下闪着光。过去那里的地耕种的不多，更多是沼泽，周围什么都没有，是一片平坦而荒凉的地方。我母亲离开那里时应该有七八岁大。

我试着去想，但只能想到一些寻常的东西，干草垛、旧时的邮局、铺着鹅卵石的路。我的脑海中出现了一个砖头外立面的小教堂。

岔路口再往前我就什么都看不到了，只有空旷的田野和那个很矮的钟楼，我想象不出那时那地会是什么样子。从路边的一所房子里走出了一个女孩，她伸长脖子，想看看坐在石桩上的我在干些什么。于是我走上了回奥斯泰拉托的路。

坦坦荡荡

第二次世界大战行将结束时,费拉拉省波尔托马焦雷的附近来了一个人,他在那一带的村子里走街串巷,兜售布料和针线。他还卖一些时装杂志上刊登的服装图纸,你可以另外购买剪裁布料用的纸板,这样最后做出来的衣服就会和杂志上登的一模一样。这个男人开一辆巴里拉汽车,戴一顶帽檐紧贴着眼睛的波尔萨利诺帽子,总是面带微笑,说话声音很洪亮。他要么睡车里,要么睡干草仓,他就在客户家吃饭,饭钱直接在货款里扣掉,他甚至还接受客户用面粉、豆子和玉米支付。

当时那种村子里还没有酒吧,所以一到晚上,男人就会去一个佃户家讲故事。

一天晚上,回干草仓睡觉之前,有个小女孩扑闪着眼睛看着他,男人摸了摸她的脸。小女孩显然是听男人讲的故事入了迷。入夜后，两个男人来到干草仓，将货郎痛殴了一顿，他勉强才上了车，往田野里逃去。打那以后再没有人听说过他的音讯。

二十年后的一天，有个独眼男人来到那一带。他到处问问题，最后在一间农舍前，他说自己二十年前就是在这里瞎了一只眼。有两个男人在晚上打了他，说他是个变态，他正要从干草房逃出去的时候被打中了眼睛。

农舍门口的女人打量了他许久，听完男人的话，她说自己全都想起来了。她就是那天晚上被男人摸脸的那个小女孩，她还记得男人讲的故事，以及他们在厨房餐桌旁度过的那些夜晚。她和一个大自己很多的佃户结了婚，那人打了她很多年，最后咳的一口血卡在嗓子里，窒息身亡。而那人很可能就是拿着铁锹打了货郎并害他失去一只眼睛的罪魁祸首。

言辞之间，女人丝毫没有掩饰对亡夫的厌恶，不仅由于他的残暴，更出于对货郎所遭受不幸的怜悯。她邀请货郎进厨房来喝点儿东西，两人相谈甚欢。

她说她们那一带的男人从来不会做出爱抚陌生小女孩这样的行为，他们必须时刻摆出一副强硬的姿态，用凶狠的眼神看人，要不然就会被其他男人指摘自己的不是。

离开前，独眼男人在门口停下，他坦白了，说自己是刚刚出狱，他在里面待了十八年，之前他掐死了一个小女孩。

他马上又说，在监狱里度过这些年后，自己的想法、感情、欲望和精神状态已经完全变了。现在他很高兴自己受到了法律的惩罚，因为这让自己觉得坦坦荡荡，无论什么时间和地点。

女人站在门口并没有动，但已经不像之前那样看着男人的眼睛了，而是把头垂下看着地面。于是独眼男人就朝停在农舍院子里的汽车走去，来到汽车旁边的时候，他回过头来对女人说话。他告诉女人，如果一个人觉得自己坦荡，一切就都看起来不一样了，他不用再想着躲在哪里才能活命。

一个不知名讲述者的生活

在利比亚,有段海岸线曾是一片沙漠。峭壁沿着海岸线向内陆逐级升高,在最矮的地方,有人在峭壁中凿出了一个深深的洞穴。1941年1月21日的早上,有一队军官和士兵醒过来,他们听见了炮声,外面还有人在大喊:"Come on!"

两位军官马上给手枪上了膛,以示自己做好了自杀的准备。

不过,他们其中的一位向一个斜眼的少尉问道:"我们怎么办?"斜眼少尉说:"投降。""好吧,"高个军官说,"您说了算。"

斜眼少尉把三把枪扔了出去,然后又往洞外伸出一只脚,一只看上去巨大无比的黑手抓住了他,仍旧有人不断在说:"Come on!"

这队军官和士兵高举双手走出了洞穴。斜眼少尉被编入一群人中，正在人群等待命令开拔穿越沙漠的当口，少尉写起了自己的第一部小说。他把第一段写在了一张明信片的背面："我当战俘已经十分钟了。只消往前迈一步，一切就都变了。"

一年半后的他正身处约尔战俘营，那里属于旁遮普地区，就在喜马拉雅山脚下。那个战俘营收容了一万名军官，其中很多人都带着自己的随从，这些人仍然在为长官擦鞋洗衣。被俘军官们过得就像旅游团里的人，不过有一个问题他们不得不面对，那就是怎么打发时间。

他们健身，学英语，打网球；到了下午，他们可以出战俘营散步，那里有一片名为猴林的森林，是个宗教圣地；有些人会排演戏剧，还有人办起了画展；还有个图书馆藏有意大利语和英语书籍，供他们阅读消遣。当时还有些遮遮掩掩的断袖之风，有时则不加掩饰，并因此遭到同僚们的讥笑；还有些印度小孩儿为了赚几个零钱而献身于意大利军官们。

斜眼少尉向战俘营的主管主动请缨前往欧洲去抗击纳粹。请求被驳回后，他就变得温和、少言寡语、不事社交，把自己当成了一个真正的监狱游客。他写完了第一部小说，又创作了几部戏剧，后来这几部剧在战俘营的舞台上演了。

后来的四十年里，他一直笔耕不辍，从未停下来。现如今，每个早上他都会在拉文纳的一家兼做糕点的咖啡馆里写东西，他在那里很舒服，我猜是因为，在十年间他一句话都没跟别人说过。四十年里，他不断被出版社拒稿，他去找的那些文化人也是同样的态度；他在四十年里写的所有东西都没发表过。

他讲的故事都是平和、感性而且有教养的，用的是一种已经无人能掌握的文风，一种再也听不到的腔调（他整天读的都是蒙田）。

如今他七十三岁了，个子挺拔，十分英俊，眼睛斜视。他已经十分不习惯说话，有时他会给我打电话，但是当他想说一句话的时候，从他的喉咙里发出的是一种类似野兽初醒时发出的声音。而他的妻子喜欢用方言说玩笑话，听完他就在心里笑笑，一点声音都不发出来。他们不曾生育子女，住在一栋公寓楼八楼的一间小公寓里。

第二类永动机

一个德国朋友对我讲过一个故事,主人公是个鲁尔区的工人,他设计并试着制造出了第二类永动机。

第一类永动机指的是一种不消耗能源,同时又能无限运动的机器,它可以成为无限机械能的来源。而第二类永动机则是把热能转化为机械能,然后再把机械能重新转化为热能,热能再转化为机械能,如此循环往复下去,由于没有能量的耗散,它能够不借助任何外部力量一直独自工作下去。

一九四九年,工人鲁迪格·费斯给时任总理阿登纳写了一封信,介绍自己的项目,还附上了图纸。阿登纳亲自回信,表示认可工人的这一发现,并且还将为其找一笔资金,以便完成机器的制造。

接下来的十年,费斯一直都在等资金的消息,却什么都没等到,他后来又写了几封信催促,全部石沉大海。

一九五四年，他住的房子遭了火灾，他的计算草稿、图纸，连同阿登纳总理的回信全部付之一炬。

我不清楚接下来的这些年里费斯有没有继续自己的研究。二十世纪六十年代中期，一次严重的事故让他不得不放弃了起重机驾驶员的工作，但他也有时间研究多年来萦绕在心头的那个问题了。

当时他站在一个正在拆除中的工厂面前，那里就是他工作的工地，当一台起重机从他旁边移动时，吊臂撞到了他，髋骨和股骨粉碎性骨折，费斯在余生里只能做个残废。

保险公司付了一笔不菲的赔偿金，他的妻子是个意大利人，于是两个人搬到了意大利居住。他们生活的地方正是妻子的老家，在拉文纳省的加里波第港附近。他在家附近租了一间无人使用的老厂房，在里面开始制造自己梦想中的机器。

一九七八年，我的朋友莱因哈特·德里特听说了费斯和他的机器，于是来到加里波第港，想要拍摄一部关于他的纪录片，但头几天里费斯一直没答应。他想搞清楚莱茵哈特此行的目的，以及纪录片的受众是何许人。后来他放下心来，觉得莱因哈特是能抓住自己这个项目精髓的那个人。

我的朋友在那个厂房里拍摄和记录到的难以用语言去描述。

在厂房中央，有四个巨大的齿轮摆成了一个方形，它们环绕着几根轴转动，轴又连接在一根中轴上，中轴那里是一套凸轮和球形轴承组成的系统，用来让齿轮在运动时互相连接，并且保持统一节奏。这一部分在费斯看来是整个系统的核心。

在高处，从核心部分又发散出去了几个机械臂，它们组成了几个小一点又大小不一的齿轮，最后形成了一个由齿轮、蛇形、机械手组成的巨大结构，在空间中不规则地延展开。

在空中的一些接头上有一些硬直拉杆的闩锁，下面是槌状的配重。当机器开始运转时，那些槌就开始击打嵌在那些小齿轮或四个大齿轮上面的金属片，槌在金属片上的作用力会推动齿轮转动，然后由于闩锁的作用，槌又重新回到高处，准备好再次按时敲击另一个金属片。

费斯对槌的重量以及机械臂长度进行了精密的计算，最后接头和大小齿轮是同步的，这样就形成了一个半环状，可以充分利用在最高点时的惯性，槌在这时重新落下，给齿轮一个作用力，根据不同的需求，作用力的类型也是不同的，从高往下落时是敲击，从下往高处升时是推动。

我的德国朋友告诉我，费斯仍然在各种地方增加齿轮和接头，然后重新计算，让它们能和之前的齿轮和接头运动同步。

在厂房的最里面，也是机器的后面，最近他又在几个闩锁上连接了一些带抓手的橡皮球，就是孩子们坐在上面跳着玩的那种，他希望利用球的弹力来让整个系统获得持续的动能。

费斯对莱茵哈特说，自己的终极目标是，制造一台不需要将热能转化为机械能，而只需要重力和惯性的第二类永动机。

费斯还说，在自己于一九四九年给阿登纳寄去的信中，所有的计算都是正确的，因为他拜托一位认识的工程师进行了确认，那时他设计的机器要比现在这台简单得多（他应该是用木头做了一个模型）。但是随着图纸在火灾中灭失，他再也记不起来某些有问题的地方自己当初是如何解决的了。

现如今，也就是一九七八年，如果去推动其中某个环的话，他的机器大概能运转五十秒时间。莱因哈特觉得，那个人应该已经不想制造出一台真正的永动机了，现如今他只是沉迷于这个齿轮、连轴、升降、拉杆、槌和橡胶球组成的系统的同步运动之中。

他终日待在厂房里，看着齿轮的运动。

在费斯看来，这个世界之所以运转不良，是因为上帝将它抛弃了。

女骑手和追求者的故事

一九二四年环意大利自行车赛的赛程尤其艰巨，不少参赛车手都在中途折戟，经过三千五百多千米尘土飞扬的骑行之后，在参赛的九十名选手之中，仅有三十个人坚持到了最后。在最后一个赛段的终点线处，人群鼓着掌迎接优胜者的到来，不过他们同时向最后一位冲线者献上了更为热烈的掌声，后者在途中经历了无数次摔倒，还在一个山地赛段中由于超时被取消了比赛资格，除了骑衫上印着名字的那个轮胎厂商每天为其提供两顿伙食，在比赛过程中更是没有任何辅助，更重要的是，这位车手是女性。

报纸称呼她为"女骑手"，她是个矮小健壮的女孩子，出生在一个农民家庭，随后成了自行车运动历史上唯一一名在官方比赛中和那些所谓的自行车冠军们同场竞技的女人，要知道，那些选手都是男性。

在当时拍下的一张照片中，她弓着背骑在一辆赛车上，正在穿过一条乡间道路，路边一群没穿鞋的车迷们在向她鼓掌加油。她长了一张圆脸，枕骨很大，小眼睛宽额头，短发向后梳着；她的小腿粗壮，手臂健硕，肩膀宽阔，一笑起来两边的颧骨呈现出月牙形状。

这张照片挂在了制鞋师在阿里亚诺·波莱西内的店里，他疯狂地爱着这位女骑手很多年，受尽了相思的折磨。

十二岁时，他跟随父亲移居到了米兰，接着便利用晚上的时间上裁缝课程，并在一次全国性的女鞋造型设计大赛中斩获一等奖。当时的他对体育无甚关心，但是自从在报纸上读到关于女骑手的报道，他就逐渐对这位女性产生了兴趣。那年异常艰苦的环意赛事甫一结束，大家就为女骑手举行了一次晚宴，制鞋师搞到了入场的机会，才终于有机会认识了她。

女骑手当时已经结婚了，丈夫是个凿匠，当她只有十一岁时，父母不允许她从事自行车这项男人的运动，是凿匠将她从家里带出来，成就了她如今的这番事业。

制鞋师在那天的晚宴上盯着她看了整整一个小时，彻底陷入了爱河，他马上找到对方表白。女骑手不可能接受这份求爱，因为她已经和凿匠结婚，而且过得很幸福，所以她十分决绝地拒绝了制鞋师。

翌日，制鞋师给女骑手寄了一双自己亲自设计并制作的女鞋，女骑手把鞋退回，还夹了一张纸条：我只对自行车感兴趣。

由于在环意大赛中名声大噪，女骑手受邀去巴黎定居参赛。她在那里骑了一段时间，仍旧是和男选手们同场竞技，丈夫去世后她又回到了巴黎。

就在这时，制鞋师在一次在巴黎举办的国际女鞋博览会上获了奖，他立马赶往法国首都，想要向女骑手求婚。多次试图联系对方无果，他给女骑手写了一封信，还寄去了自己在巴黎博览会上获奖的女鞋作品。

晚上，他在旅馆里等待着对方的回复。回信马上就到了，还退回了一双鞋（另外一双不知去向），附带的便条上还是写着：我只对自行车感兴趣。

那天晚上，制鞋师独自待在房间，已经被绝望压垮的他将那双退回来的漆面女鞋给煮了，一块块地吃了下去。

女骑手马上和一位男赛车手结了婚，对方是五百米竞速赛的世界冠军，两个人又一起在法国比赛了一段时间。接着她回到意大利，和丈夫一起在米兰开了一家轮胎商店。

第二任丈夫死后，她继续独自打理这份生意，以此维系着和自行车界的联系，她修补轮胎，关注着自己客户们的比赛。

这一天，制鞋师再次现身，不过此时的他已经不是制鞋师，他放弃了自己的事业，开始徒步环游整个欧洲，甚至去到荷兰和比利时，并在乡下以补鞋为生，后来因为流窜被拘捕。

就这样，如今已经只是个鞋匠的前制鞋师又一次向前女赛车手求了婚。而对方又一次拒绝了他，而且态度很恶劣，因为和自行车相比起来，他更关心鞋子，这样一个丈夫她无法接受。

虽然已经退役多年，女骑手仍然在自行车界享有盛誉，在死之前，她并不想离开这项运动。她骑着一辆巨大的摩托车追看客户们参加的比赛，她就这样一直骑了下去，直到在68岁时去世。

前制鞋师，如今波莱西内一个小城里的鞋匠，出席了她的葬礼。

世界末日前的一晚

我听说了这样一个女人的故事,她在切割波河处附近的一家运输公司里做秘书。她是个有着傲人双峰的漂亮女人,总是穿黑色鞋子和紧身衣服。丈夫死后,她的儿子去了委内瑞拉,在一座菱镁矿附近的一家餐厅里工作,而她自己一直过着独居生活。

她和一个在康塔里纳工作的女教师成了好朋友,后者也是一个人住。两个女人每天都见面,一起吃饭,有时还一起睡觉。两个人成了挚友,她们计划过几年就退休,然后搬到一起住。

不过后来一则消息震惊了女教师,她在报纸上读到,全世界城市排放的二氧化碳越来越多,灾难迫在眉睫。

她对自己的朋友解释说,像这样的二氧化碳增加会导致全球气温上升,继而让两极的冰川融化,很多沿海地区将会被淹没。她又说,目前来看,在一段时间内最安全的地区就是靠近极地的高海拔地区,比如挪威的山里,因为那里温度相对较低,被淹没的风险也更小。

两个女人花了很长时间讨论这个问题,她们都认为灾难已经近在咫尺,也就是几个月的事。

因此,在一个大晴天里,两人做了个决定,今年暑假她们要去挪威的山里,这样一来即便其间发生了什么,两个人也能安然无恙。

她们在八月份动身,并在挪威一直待到了九月中旬。看到什么都没发生,她们就回了家,重新开始各自的工作。

第二年夏天,她们又去了挪威的山里,继续等待灾难的到来。在假期期间,两个女人中的一个,也就是女教师,邂逅了一个移居到那里的瑞士富翁,两人决定结婚。于是女教师就返回了意大利,打点完一切,又马上回到挪威和瑞士人完婚。

一晃就到了十月初,波河切割处的女人又是一个人了。她日夜盘算着退休的时间,她也想搬到挪威,和自己唯一的朋友待在一起。

但是她离退休还有整整三年时间,在波河切割处的生活已经孤独得无法承受,她决定换个活法。

她在基奥贾附近的索托玛里纳找到了一份运输公司的差事,人也搬去了基奥贾旁边的一个小公寓里住。她成了素食主义者，买了一个榨汁机做各种果汁，西红柿、胡萝卜、苹果、柑橘。她会吃很多大豆、扁豆、蚕豆、豌豆、糙米和豆芽，在工作时则吃玉米饼干。

她报名参加了一个晚上的瑜伽课程，开课的是几个已经毕业的学生，地点在基奥贾当地一座威尼斯式的老房子。晚上她还去上英语课，读饮食方面的书籍、用自然疗法治疗循环系统疾病的书籍，以及一本关于大气污染的书。

她和教瑜伽课的一个学生谈起了恋爱，也爱上了对方所钟爱的巴洛克音乐。瑜伽课刚一结束，他的恋人就一声不吭地消失了，她又开始和一个卖矿泉水的男人在晚上一起散步，对方已婚，而且还有三个孩子。

就这样，时间来到了距今最近的一个六月，在这个月里，女人自杀了。

有件事需要说两句，在女人工作的航运公司里，一直有这样的传言，说女人和卖矿泉水的一直在矿泉水上做灵魂的碰撞。至于矿泉水商贩这一边，他曾经试图说服女人放弃去挪威的想法，也不要再去想什么气象灾难的问题，但是没有成功，随后他就越来越少去跟女人一起在晚上散步，直到最后彻底消失，同样一句话都没有说。

瑜伽老师倒是重新出现了，女人经常去找他，但他好像并不情愿承认过往的情史。

六月的一天晚上，女人在下班时间不小心听到了两个同事的对话，他们讥笑着说，卖矿泉水的真有福气，其中有一位更是手握"上帝的恩典"。女人上去质问二人："你们也想有福吗？"说着就开始宽衣解带，直到她被后来到场的人控制住，强行替她穿上衣服，最后被送出了公司。

那天晚上，她没有马上回家，而是去了基奥贾的广场上散步。她一直走到了码头，在那里看了海，然后在一根威尼斯式的柱子旁边停下，看着青少年骑着摩托车在旁边穿梭。快八点半的时候，路上的行人已经变少了，只有老门廊下的酒吧桌上还坐着些游客和小年轻。

在其中的一个酒吧里，瑜伽老师正在大谈足球。女人上前跟对方搭话，她说自己很孤独，而且深爱着他。瑜伽老师的回答很坦率，他说和女人在一起感觉很压抑，因为她老是想一些气象灾难之类的问题。女人转身就离开了。

她又转了一圈，来到港口，那里停满了渔船，运河旁停满了汽车和摩托车，人们坐在门口享受夏夜的清凉，游戏厅内外充斥着孩子们的嬉闹声。接近九点时，有个认识女人的人叫了她一声，但女人没有答应。

回到家，她用湿毛巾封住门窗，打开厨房的煤气，放起了巴洛克音乐。这时，一对认识她的夫妇刚好从她门前经过，看到里面亮着灯，放着音乐，就按响了门铃。里面的女人没有应门，她正忙着给绿植浇水，然后用尼龙布把它们罩住。

门口的夫妇开始敲门,女人则坐在了地上,头罩在了一件白毛衫里,用装货物的尼龙布包住全身,如此将自己捆绑好,她就躺在了地上。

那天晚上的夜空还有些天光,只有远处飘着几朵云。一个小时前,天空还被云笼罩,后来从东边来了阵气流,在潟湖上的长桥上,堆积的破布开始随风飘摇。外面的夫妇俩走到距离女人房子一百米左右的汽车旁,准备开车去齐奥贾吃冰激凌,这时从女人的房子里传来了巨大的爆炸声。

刚被送到医院,女人就死了。为什么她会将自己捆得像个包裹一样,为什么她用透明胶封住了嘴、眼、鼻子,甚至私处,没有人能说得清。

一个摄影师是怎样登陆新世界的

与其说卡维尼尔是个真正的村庄，倒不如说是散布在威尼斯波河沿岸的一群房子，过了这一带，威尼斯波河就分成了皮拉波河和尼奥卡波河两条支流，流向潟湖区，并最终汇入大海。那里的景色与其他地方并无二致，全是耕种的田地，种的主要是小麦。快到卡祖里昂时，天边出现了一片沼泽，笔直的道路贯穿一望无际且千篇一律的田地，那里曾经是潟湖，现在已经被填埋成了陆地。

这里的景色没有什么可拍的，到处都是一样的平地，一直延伸到大海。在海面上间或显现出一些沙舌形状的小岛礁，其中的一些只有在落潮时才会浮出水面，而另外一些则被河流带来的泥沙覆盖，成为植物的附着物，从远处可以看见那里长了些芦苇和其他耐盐水的植物，它们被人称为沙洲。

有一天，一名摄影师被派到那一带拍照，委托方是一家发行量很大的周刊。他拍照片是为了给一个作家写的文章配图，文章的题目是"波河入海口谦卑的人们"。

他拍了落日下的运河、正在路边割草衣着臃肿的女人、被肩头的芦苇压弯了腰的老妇、一个潟湖上的海鸥和水面上的大船，然后就再也没了灵感，准备打道回府。正要走的当口，他听说那里的女人会去墓地和亡人交谈，她们就站在墓碑前，和故去的家里人对话。

于是他决定去拍一个这样的女人。一天下午，他埋伏在卡维尼尔的公墓里，用长焦镜头偷偷抓拍下了几个瞬间。然后他把底片寄给杂志社，自己去了威尼斯过周末。

他在卡维尼尔公墓拍摄的照片上几乎什么都没有，只有一个紧闭双唇的黑衣女子正在墓碑前做着手势。杂志社要求摄影师再去一次那个地方，找人介绍一下亡人们都会说些什么，也可以拍一些画面更具戏剧性的照片。这是为了让读者们大概知道那个墓地里发生的事情。

摄影师又回到那一带，这次他去了另一个公墓，试图接近（同时秘密采访，他的风衣口子上别了一个微型麦克风）一个跪在墓碑前的黑衣女人。但这个女人没有和他搭话，甚至没正眼看他，匆匆忙忙地和其他墓地里的女人们一起离开了。

这样就只剩下了摄影师一个人，他不知道该怎么办，这时他发觉，有个消瘦的男人正远远地看着自己。他马上就知道，对方是这里的守墓人。

和同乡们不同，这个骨瘦如柴的男人马上和摄影师攀谈起来。他说，只有在女人面前，那里的亡人才会放心地开口讲话，抽完摄影师给他的一根烟，他讲述了自己的一生，还邀请摄影师去他家里坐坐。

他出生在一片如今已经被填为陆地的沼泽地里，他原本在那里做猎人的向导，他住一间草房，猎人们会去那里找他，让他带自己穿越山谷和沼泽。他后来被一个拉文纳的石油商人雇了去，后者在波河入海口那里有一条船，冬天他在船上当水手，当商人想要出海时，他就充当海员兼渔夫。后来，商人连人带船都卖掉了，但是买家从来都没来过，所以除了继续照看船之外，男人还有时间做其他的很多事情，比如开着自己的船去捕鱼以及守墓。

男人脸上皱纹堆累，没有一处平坦的地方。他头上戴了一顶长毛绒皮帽子，外套下面穿的是一件牛仔们穿的格子衬衫。

两人在男人的家里坐下，那是个一居室，家具倒是又新又亮，这时摄影师才发现，男人的右手少了三根手指。讲完自己的一生，男人想要说说自己是怎样失去那三根手指的。

战争结束后，他在基奥贾附近待过一段时间，那里有很多德军的掩体，到处都是空子弹、子弹盒和手雷。孩子们把弹夹和手雷倒空，引燃里面的火药取乐。男人的手指就是这么没的，当时他正帮一个孩子把一个手雷重新封好，以便存下一些火药，这时他不小心触发了撞针，他就看着自己的一根手指飞了出去，另一根手指在手上挂着，拇指也不见踪迹。

消瘦的男人用方言继续着自己的讲述，他对摄影师说，自己原来食指所在的地方（他用另一只手的食指指了指那个空荡荡的位置）有时会感到一种灼痛或者是关节炎一样的疼痛。

缺失的那根手指的位置有一种能量流经过，他对于指南针的运作方式一清二楚，因为那个经过了他缺失手指的能量流就像指南针一样指着某个方向。这个功能让他找回了很多丢失的东西，因为当他找东西时，他的那根食指就会"指出"一个方向。

男人还说，有一次那根手指还跟自己开了个玩笑。当时手指向他指出了足球比赛的所有正确结果，男人全都记下，就等着变成百万富翁。但是在去彩票站之前，他把那张纸丢了，一直到第二个星期的周日，手指才帮他寻回了纸条，这时他已经在电视上知晓了比赛结果。

说这些话的时候，男人的语气很严肃，摄影师听得兴致盎然，然而，当时天已经晚了，摄影师想要把话题转到在墓地里和女人们对话的亡人们身上。

渔夫确认了这件事的真实性，如果摄影师想知道亡人们都说了什么，也许可以向自己缺失的食指求助。

他把残肢高举在空中，开始用另一只手拍打那个缺失了手指的位置。他一边做这个动作，一边对摄影师说，在海上的一些沙洲上，在那里的一些点上可以听见亡人们说的话。他是在去那里打猎捕鱼时意外发现那些位置的，可是后来再没有找到过。

如果现在他能唤醒自己缺失的食指，也许它能给出一些指示，这样一来，第二天两个人就可以找过去。

摄影师听得很开心，就让对方一直这么说着，直到上床睡觉。半夜时分，他在渔夫给自己安排的行军床上睡着了。

一大早渔夫就叫醒他，说自己的手指"指"了，他们得马上出发，去到手指指引的那个地方。

两个人开着摄影师的车去了皮拉村外的一个地方，那里有一条分隔两块沼泽地的运河汇入大海。两人在那里上了一条船，渔夫在芦苇中慢慢地将船划向开阔的地方。

接下来的旅程对于摄影师而言越来越像是一种奇怪的历险。两个人划向那些沙洲，一些沙洲上面站满了不知道名字的鸟，而渔夫则向他介绍着那些沙洲神奇的名字：巴雷亚、佐阿里亚、卡莫尔塔、莫罗西纳、佩加索、巴库卡。

他们一直划向水面上的一个小沙丘，上面聚集的鸟在他们靠近时四散飞走，渔夫管那里叫新世界，摄影师知道那就是终点了。

  渔夫催促摄影师赶快下船去听亡人的话，自己则调转船头，把摄影师一个人留在了被芦苇和沼泽包围的方寸之地上，他也并不是一句话没说就走了，只不过他说话时已经划着船走远了，他说，缺失的手指把他带到了新世界，同样也是缺失的手指想要他留在那里。

存在的一切如何开始

有一个牙掉光了的老人声称自己知道存在的一切是如何开始的。他是在一天晚上看天时获得的灵感，后来又在书中找到了最终的答案。

我认识老人时他正在医院里，浑身缠满纱布，穿了一件护士们给的灰色睡衣。我们在他的病房里吃了饭，他的床位在一个角落里，床的上方放了一个带绿灯的小型耶稣雕像。病房里的电视一直开着，护士们一边发放饭菜，一边开玩笑说老人太老了，对女人已经没有兴趣，所以现在过得与世无争。老人勉强地笑笑，睁开眼睛看起了电视。

饭后，我们来到医院的大路上散步，他穿着睡衣戴着帽子，背着手。如果有其他病人邀他一起去大道旁的咖啡馆，他一般都会婉拒，理由是病人不该和健康的人混在一起，因为去那里的一般都是医生、护士、医学生和探病的人。他喝从自动贩卖机上接来的咖啡，也不坐着喝，就站在一间墙上满是涂鸦的贮藏室里。

他认为一切的一切是这样开始的：从前上面有一片巨大的尘埃，周围是无边无际的黑暗。他说的无边无际是指，我们无法想象这片黑暗到底能在哪里终结。

暗处极冷，冷到连石子都能被冻住。这份冷超出我们的想象能力，因为我们肯定想不到，怎样才能冷到连石子的内部都冻住。

黑暗处寒冷且有烈风不住地拍打，那里唯一存在的东西就是一大片尘埃，可能那时暂时地凝固住了。它是否一直都在那里我们不得而知。

不过呢，在他看来，由于风过于猛烈，甚至吹动了尘埃中的小颗粒互相撞击，而且随着碰撞的升级产生了火花。

这就像两块石头摩擦时产生火花一样，其实石头就是被挤压到一起的颗粒。

他认为，火就是从那些火花里产生的。另外，被挤压到一起的尘埃颗粒也被强风吹到了无尽的黑暗之中，它们之间又发生碰撞，继而燃烧起来。

小型星球就这么诞生了。

现在需要看一下火的构成。火的外围有一圈火焰，其喷射出来的热量我们用手就能感觉到。同样的一幕也发生在天上：巨大的热量被喷射出来，遇到极冷的环境产生了蒸汽，就和玻璃起雾一个道理。

由于外围的极寒环境，喷射出的热量形成了一个大泡，它的外围裹着一圈冰层，因为在冷热相遇之后，热量被极强的冷气冻住。只要看看冬天玻璃上的那一层冰就知道是怎么回事。

整个宇宙就是在黑暗中被强风吹得到处走的一个大泡，不过身处下面的我们不可能觉察到这一切。但是如果不是有大泡的存在，所有的星星都将被强风吹灭。

他看到夜空里闪烁的星星，对他而言那些就是燃烧的大石头。如果人能看到夜空是如何旋转的话，他就能看到，这个大泡里的一切一直都在运动。

他不知道那些大泡里的石头为何仍在旋转。很多人说是引力在牵引它们，但是关于这一点他也说不准，因为他不是个科学家。

有一天大泡将会破裂，一切从头开始。当然也有这样一种可能，那就是宇航员在探索其他星球的过程中不小心钻破了大泡，那样的话一切就会于刹那之间终结。

也许创造了这一切的那个强风就是上帝。不过并不是教堂里宣扬的那种上帝，因为这个上帝人类无法想象。

那么，上帝就是来自无边黑暗中的一股强风。

一天在医院里散步时，老人看见了地上被风吹起来的尘埃。他停下来观察这一幕，对我说：这些都来自星际间的太空，而且所有的尘埃都一样，这一点没有人会去想。

地球上的我们每个人都是由天上来的尘埃构成，在人死后，他的尘埃会继续存在，只不过变了副模样。他知道自己死后会变成只蚊子。

老人们和他父亲都说，蚊子是死后归来的人，不过这可能仅限于他家那里，那一带都是沼泽地，蚊子颇多。后来那里经过改造，河谷三角洲的水被抽干，现如今蚊子已经很少，他也不知道将会发生什么。

不过他已经跟朋友们打好了招呼："在我死后，如果你家里出现蚊子，不要把它赶走，那是我过来找你了。"

逃亡中的年轻人类

这件事距今不久,在大河南岸快到山区的平原地带,有家非常大的舞厅,从很远处就可以看见招牌闪烁的灯光。附近的荒地中间坐落着一个盛产瓷砖的城市,道路笔直,全是工厂和大型居民楼,每天晚上都会有上千辆汽车开到这里,填满舞厅前的广场。到了周末,客人们从四面八方开车前来,他们来自附近的三座大城市、周边的乡村以及波河下游一些遥远的村子,这家舞厅比附近任何一家的顾客都要多。

经常有一些人来这里闹事,打架斗殴,制造流血事端,他们是其他舞厅的老板雇来的,为的就是让这家舞厅出事关门。为此,大舞厅的老板专门招募了一批警察,只要有人开始争吵、挥拳头或是拔刀子,就立马上前制止。

警察会把闹事的人拖到一间小屋里,用棍子在他头上一顿好打,让他永远都不敢再踏足这里一步,最后把他从一个侧门踢出去。

  警察在小屋里打人的方法很特别，就算打的时间再长，也不会留下任何痕迹。其实他们无权拘捕和打人，因为这时已经不是警察局的上班时间，他们只是来另外挣一份工资的。另外，舞厅老板给警察局局长也送一份钱，当有需要时，局长就会站出来，声称自己的人是在执法。

  有一次发生闹事的时候，警察拖走了一个年轻人，用棍棒把他一侧的鬓角打得凹了下去，待后者的同伴们赶到，年轻人已经死在了一张桌子上。

  这时舞厅老板出现了，他告诉几个年轻人说，警察说话就到，现在不跑，他们就会被抓。于是四人带上朋友的尸体，从侧门逃了出去。

  他们星夜兼程，赶往生产瓷砖的那座城市。拐过一个路口，他们发现前方有宪兵设的关卡，他们连忙转向，走田里的一条小路，宪兵用冲锋枪对着他们一阵扫射，打爆了汽车的一只轮胎。

  四个人丢下中弹的车，改开另外一辆，关着车灯在田地里穿行，他们决定不再回头，因为不想被抓。

  他们沿着大河一路向北，逐渐迷失在迷宫般的乡下路网中。天亮时分，他们发现自己置身于一个荒凉的地方，天色看上去马上就要下雨，离这里不远有一家兼做防原子弹庇护所的工厂，他们经常听人谈起那个地方。开到一条满是大卡车的大路上之后,他们从路边大大的路牌获悉了自己身处何方。

路牌下有一个卖阿拉伯地毯的小贩,他正把商品一件件地摆出来,其中有地毯、怀表、打火机、木制的小家具。周围还有一些门窗紧闭的深色房子,除了呼啸而过的卡车之外,就再没有人从这里经过了。

在和阿拉伯人交谈过后,四个人了解到,沿着这条路一直走到河边有一座桥,在桥的附近,有一个无家可归的外国人聚集的营地,那里有南斯拉夫人、非洲人、吉卜赛人以及其他地方的人,他们住在一片被铁丝网围起来的棚子里。他们都是没有身份的非法移民,想来这一带工作,在营地里安身只是暂时的,接下来他们要么会被遣送回国,要么会被送到其他地方安置。他们还从阿拉伯人那里了解到,其实任何人都可以穿过铁丝网进入营地,根本没有人来检查这里住了什么人。

四个人又出发了。没过多久就下起了暴雨,他们又一次迷路,不知不觉中就过了河。他们在一个废旧汽车回收站停了下来,想进去问问路。回收站里有几只狼狗在吠叫,其中一只突然跑出来,四个人赶忙上车逃走了。

沿着河堤下面的围墙,有一条备用小路,他们沿着这条路终于来到一个铁丝网围起来的地方。不过铁丝网的后面是拒马路障,他们没找到任何可以进去的缺口。

这时他们听见了哨声、喊叫声和朝天鸣枪的声音，一些士兵正冒雨朝他们跑来，原来他们不知不觉中开过了一个路牌，上面写着：军事重地，禁止入内。他们又一次逃离，向大河上的那座桥驶去。两天后，河堤上停了一辆摩托艇，他们偷了盖在上面的遮雨布，将朋友的尸体裹进去，驶向河口的方向。

这一带的村子都没什么人住，路牌上指示的那些地方要么不存在，要么被废弃，新建的水泥建筑里也没有人影。在一片玉米地旁边，他们看见了一个用木棍、塑料瓶和随风飘扬的尼龙袋子做成的稻草人。

过了一个岔路口，行驶在他们身后的一群骑摩托的年轻人在一个铁路岔道前停下，他们后面的那条路在高高的草丛和一排烟囱之间蜿蜒穿行，烟囱排出的烟雾遮蔽了天日。他们本想跟骑摩托的年轻人们问路，但最后谁都没勇气开口，四个人就在岔道前僵持住了，他们害怕对方听出自己是外地来的。

下了河堤，他们又在一条小路上停下，看到田野之间有两条交汇的小路，地里的玉米已经收完了，一台收割机正在地里缓缓移动着，将玉米秆捆扎起来。另一边，他们看见大河的水面上全是漂浮着的垃圾，河水一动不动，只是泛着白色的泡沫，就好像有什么凝结剂稀释在水里，凝固了河流，除了白色的泡沫之外整条河都是深色的。

在河堤上，有一个磨刀人离他们越来越近，他骑着一辆旧三轮摩托，车上的大喇叭在招呼着住在田地那边房子里的人们。磨刀人停下来跟他们打招呼，他自顾自地在那里扯这扯那，最后甚至开始说起一种方言，据他自己说，方言的出处名叫死人湾，在一个潟湖里，距这里有三十千米。

四个人的家乡离这里远，他们听不懂此地的方言，因此，他们也不知道磨刀人究竟说了什么，不过那个地方的名字他们倒是记在了心上。

在一条沥青斑驳的公路旁，有一个带花园和喷泉的漂亮别墅，走到这里四个人渴了。他们到处都找不到公共喷水池，也不敢进酒吧。所以他们就进了这家的院子，开始在喷水池里取水喝。这时，一个手里拿着报纸穿着短裤拖鞋的老人出现在四人面前，然后飞也似的跑到一个角落后面。

四个人来到角落后一看，根本没有人，花粉在空气中飘着，一个尖厉的声音从房子里传来："来人啊，有小偷！"

四个人从头到脚都开始抖起来，他们赶忙上了车逃之夭夭，不过之后又继续抖了一个小时左右。

开着开着，他们遇到了一条死路，前方是长长的运河，两岸长满了芦苇荡和沼泽草类，在最远方是一片苔藓覆盖的沼泽地。再往前，河堤下的一个足球场吸引了他们的注意，四个人看得出了神。自从搬到瓷砖之城居住，他们就没有挪过窝，如今他们游荡的这片地区看上去是这样的不同寻常。

那天晚上，他们又听人谈起了死人湾（就是磨刀人说的那个地方）。

他们的汽车行驶在一条昏暗的乡间道路上，一边是一个灯光像棋盘一样规则的天然气厂，就像月球荒漠上拔地而起的一座城市，另一边的远处有一处绿色的灯光，时明时灭。

那里有一个移动售货车，主人是个叫马津加的家伙，他主要卖些三明治、饮料和冰激凌，主顾就是那些在潟湖区迷路的人。他管那片地方叫自己的"机场"，因此在售货车上装了一个机场上用来指示方向用的绿灯。

在夜里的田野中穿梭的四人突然感觉到一阵饥饿，他们已经很长时间没进过食。而且，由于在别墅里受到了惊吓，四个人经常没来由地就抖起来，这让他们更不知道该怎么办才好。为了在黑夜中找到方向，他们循着绿灯的位置来到了马津加的机场。

他们买了三明治和饮料。招呼完四个人，车主人坐在一张躺椅上，开始看一台便携式小电视。后来，四个人发觉，那个男人自言自语的话语其实是在说他们。他嘴里嘟囔着这些话：最后肯定能抓住，都一样；对他们肯定会从重处理，因为他们原来是无辜的；他们肯定能把这些人毁掉，把这些人也变成和他们一样暴力的畜生；世道就是这样，没有其他可能，不用指望什么。

或许他在报纸上看到过关于四人的报道，反正他就是对四人的事情了如指掌，嘴里一直嘟囔着这些话。

这哥儿四个又开始从头到脚抖起来，其中最小的那个连牙齿都打起颤来，上下牙碰撞的声音甚至在旷野中产生了回响，售货车的主人转过头，看到底发生了什么。他摇了摇头，继续看起了电视。

他边看电视边说，唯一的救赎之道就是去死人湾。"只有去死人湾才能得救，"他说。男人还说了那里的位置，然后关掉电视，看都没看他们一眼就去睡觉了。

翌日，将近中午时分，他们漫无方向地在三角洲地带游荡，他们在一个小村子停下找地图。他们想找到男人说的那个地方。

沿着运河两岸有一些过去渔人们的房子，现在已经废弃不住，而路的另一边都是些新房，外面挂满了晾晒的衣物，门口停了很多摩托车、自行车和汽车。穿着汗衫的男人们要么在洗车，要么在门口边聊天边抽烟。女人们从窗户探出身子，谈论着一些家长里短，房子前的空地上有一群孩子，当四个人开车经过时，看上去只有孩子们注意到了。

他们进了一家酒吧，里面挤满了穿黑衣服的人，他们想找个人问问，哪里能买到地图。酒吧里的服务员听不懂他们的话和语调，一边摇着头，一边招呼其他客人。站着的那些人没有一个注意到四人的存在，他们正在专注而热烈地就报纸上报道的一个政治事件进行讨论，有个人一边说着什么，一边把报纸在其他人面前甩了甩。

离酒吧不远处，一辆大巴车停了下来，一群游客鱼贯而出，他们是来欣赏河口风光的。一个导游正在用大喇叭对游客说着什么，语气有些生气。

突然，导游的声音变得愤怒，原来太阳太毒，有一位老太太感觉有些不适。老太太瘫倒在地时，导游厉声催促着其他人赶紧把老太太扶上大巴车，因为不能再耽搁了。游客们喊叫着乱成一团，大巴司机不耐烦地按着喇叭，因为他要赶时间，骑着摩托的年轻人们也随声附和着鸣响了自己的喇叭。

四个人立马惊慌逃窜，连忙回到车上想要离开这里。现在任何事情都能吓到他们，让他们从头抖到脚。

没有地图，他们也不知道该往何处去。就在他们漫无目的地开车期间，一个轮胎轧到石子爆掉了，车栽进了一个坑里。

他们弃了车。带着朋友的尸体，四个人开始向沼泽地里进发，那里遍布芦苇和薰衣草，再往前就只剩下大海。又一阵饥饿袭来，四个人哭了，他们坐在地上哭了整整一天一夜。

他们寻找着并不存在的小径，中间一直没有停止哭泣。他们在沼泽里找着什么，时不时地陷入水坑或者流沙之中。到了晚上，四个人又冷又饿，哭着睡着了，就连睡觉时也一直在哭。

一天早晨，他们醒了，而且发现自己没有在哭，也不再发抖。他们看到面前有一个波浪状的铁板搭成的房子，那正是马津加说的地方。

棚子里有一些零食，看来是多年前有人匆忙离开时留下的。两张行军床上铺着被子，年深日久，被子已经瓦解，变成了一层灰尘。棚子里有很多蚊子在嗡嗡叫着，向门外看去，那里停了一艘船，芦苇荡中还有一个黑色木条搭成的码头，看上去已经腐朽得不成样子。

四个人划着那条船去了海洋深处，朋友的尸体就绑在船上，在水面上漂浮着。后来，他们没办法让船掉头回去，就一直往前划。他们觉得，只要往前划的话，就一定能到达什么地方。